소년이로

少年易老

편혜영 소설집

소년이로 少年易老

초판 1쇄 발행 2019년 4월 29일
초판 5쇄 발행 2019년 12월 30일

지은이   편혜영
펴낸이   이광호
주간   이근혜
편집   조은혜 이민희 박선우 김필균
펴낸곳   ㈜文學과知性社
등록번호 제1993-000098호
주소   04034 서울 마포구 잔다리로7길 18(서교동 377-20)
전화   02) 338-7224
팩스   02) 323-4180(편집) / 02) 338-7221(영업)
전자우편 moonji@moonji.com
홈페이지 www.moonji.com

ⓒ 편혜영, 2019. Printed in Seoul, Korea
ISBN 978-89-320-3533-8 03810

이 도서의 국립중앙도서관 출판예정도서목록(CIP)은 서지정보유통지원시스템 홈페이지
(http://seoji.nl.go.kr)와 국가자료공동목록시스템(http://www.nl.go.kr/kolisnet)에서
이용하실 수 있습니다. (CIP제어번호: CIP2019015270)

소년이로

少年易老

편혜영 소설집

문학과지성사

차례

소
년
이
로

少
年
易
老

유준의 집은 방이 여럿이었다. 소진은 특별한 때가 아니더라도 자주 그 집에 머물렀다. 밤이 늦어 자고 가야 할 때면 유준 어머니가 방을 내주었다. 회랑 끝에 있는 방으로, 주로 공장에 온 손님이 머물 때 사용했다. 유준은 소진과 함께 방을 쓰기 원했고 그럴 만큼 방은 충분히 넓었으나 부모의 허락을 받지 못했다. 유준은 겁이 많고 고지식했다. 예민하고 까다로운 부모의 뜻대로 집 안에서만 놀아도 불평하지 않았다.

유준 어머니는 일상생활에서 지키는 원칙이 많은 사람이었다. 현관에 들어서기 전에 발을 굴려 신발을 턴다거나 아침에 일어나면 미지근한 물을 한 잔 마셔야 한다는 식이었다. 잠자리와 식사에서도 몇 가지 원칙이 있었다. 그다지 까다로운 것은 아니었다. 정해진 곳에서 자야 한다는 것, 식사 중에 물을 마시지 않고 음식을 씹으면서 말을 하지 않는다는 정도였다. 그런 것이라면 소진의 부모도 간혹 지시했다. 그러나 유준 어머니가 엄중한 표정으로 되풀이해서 말하는 데 비해 소진의 아버지는 잠은 어디서 자나 마찬가지고 밥은 한 끼 때우면 그만이라고 생각하는 쪽이어서 내키는 대로 굴었다.

유준 어머니는 작고 삐쩍 마른 체구였다. 의자에 앉을 때에도 늘 허리를 곧추세웠다. 편한 자리에서조차 허리를 구부려 앉는 법이 없었다. 집에 있을 때면 소파에 꼿꼿이 앉아 책을 읽었다. 유준과 소진은 방해가 되지 않도록 방에 틀어박혀서도 목소리를 낮춰야 했다.

유준 아버지는 셔츠를 풀어 젖히고 복수가 차서 불룩해진 배를 내놓고 얼굴이 벌겋게 달아올라 가쁜 숨을 내쉬었다. 근처에만 가도 약냄새가 났다. 가루를 털어 넣어야 하는 약과 개수 많은 알약을 소파에 비스듬히 누워서 먹느라 그런 것 같았다. 땀이나 물에 축축하게 젖은 셔츠 앞자락에서도 냄새가 났다. 그는 그런 것에 개의치 않았다. 불쾌한 냄새를 맡는 것은 자신이 아니라 다른 사람이니까. 건강이 괜찮았을 때 그는 거의 공장에서 지냈고 집에 있을 때면 육중한 나무 문으로 가로막힌 서재에 틀어박혔다. 그가 집에서만 지내게 되면서 공장 규모는 이전과 달라졌다. 도시를 다니는 자동차는 대부분 그의 공장에서 생산한 부품을 달고 있다는 얘기가 떠돌았다. 지금은 그렇지 않았다. 무엇이든 조금씩 변하고 있었다.

그는 소진에게 말을 거는 법이 결코 없었다. 힐끔 쳐다보는 것으로 대신하거나 아예 보이지 않는 척했다. 유준에게도 마찬가지였다. 유준이 아버지 앞에 나설 때는 약을 가져다줄 때와 무엇인가 허락을 받아야 할 때였다. 외출해야 하거나 돈이 필요할 때, 소진과 밖에 나가고 싶을 때가 그랬다. 유준 어머니가 시켰다. 그런 일을 챙길 수 없을 정도로 바쁘거나 아버지를 존중해서는 아니었다. 그녀는 자신의 능숙한 살림과 가족에 대한 보살핌, 헌신 같은 것을 유준이 당연하게 여기지 않기를 바랐다. 무엇보다 아들에게 의지가 되는 건 자신뿐임을 보여주려고 병색 짙은 남편 앞에 세우는 일을 즐겼다.

유준 아버지는 이미 유준 어머니가 내린 결정을 바꾸지 않았다. 그럼에도 유준은 매번 아버지의 병색을 확인하며 얼마간 시간을 보내야 했다. 어머니의 말을 전달하는 것이나 다름없는 유준의 말에 그는 그저 간단히 고개를 끄덕이는 게 전부였다. 마음에 들지 않는다는 듯 끄덕이는 일을 미룰 때도 있었다. 간혹 소파 뒤나 문 앞에 서 있는 소진에 게도 유준 아버지의 목소리가 들렸다. 그의 목소리가 들려 오면 소진은 깜짝 놀랐다. 큰 소리로 화를 내리라고 생각 해서였다. 그러나 그는 결코 화를 내거나 소리치지 않았다. 고작 가래를 끌어 올리거나 깊은 신음을 긴 한숨으로 돌렸다. 그러고 나면 침묵을 견디며 기이한 소리를 체벌처럼 묵묵히 듣고 있던 유준에게 비로소 고개를 끄덕여주었다. 허락을 받고 돌아서는 유준에게서 어떤 표정도 읽을 수 없 었다. 만약 기뻐했다면 허락을 받아서가 아니라 더 이상 아버지와 함께 있지 않아도 된다는 것 때문이었으리라.

손님방에 들어서면 서먹서먹한 느낌이 드는 가운데 희 미한 곰팡내가 났다. 늘 문을 닫아두어서였다. 창문을 잠 그는 걸쇠가 녹이 슬어 환기를 시키려면 유준 어머니의 도 움을 받아야 했다. 방은 단정했지만 호감이 가지 않게 꾸 며져 있었다. 작은 간이침대와 목재 장식장, 몇 권의 책이 놓여 있고 얼굴이 일그러진 남자가 의자에 앉아 절규하는 음산한 그림 액자가 붙어 있었다. 침대 발치에 커다란 거 울이 놓여 있어 자고 일어나면 거울에 뭔가 어른거리며 비 치는 기분이 들었다.

오랜 시간이 지나고 나서야 그 방이 북쪽에 놓였다는 것을 깨달았다. 다른 방에 비해 유독 냉기가 심한 게 그 때문이었다. 여름이나 이른 가을같이 날씨가 좋을 때면 괜찮았다. 추울 때는 몸이 무겁고 아픈 기운을 느꼈다. 유준 어머니는 겨울철에도 난방 온도를 높여주는 법이 없었다. 세탁한 여분의 이불이 없다면서 그 방에 있는 얇은 차렵이불만 사용하게 했다. 아침에 유준 어머니가 흔들어 깨울 때까지 소진은 이불을 둘둘 감고 웅크리고 누워 있었다.

잠결에 본 유준 어머니는 매서운 검은 눈에 파마머리가 더부룩하고 두꺼운 실내 가운을 걸쳐서 몸집이 커 보였다. 그 커다란 뒷모습이 침대 맞은편 거울에 그대로 비쳤다. 유준 어머니는 차가운 눈빛으로 서서 소진이 침대에서 일어나 눈을 감다시피 하고 세수하러 가는 걸 지켜봤다. 화장실에서는 오줌 누는 소리가 들렸는데 이어지는 가래 뱉는 소리로 유준 아버지라는 걸 알 수 있었다. 그는 소진이 화장실을 훔쳐보기라도 했다는 듯 힐끔 쳐다보고 무거운 몸을 천천히 끌며 안방으로 갔다.

세수를 하고 나서 소진은 손님방에서 잠시 기다렸다. 유준 어머니가 소진을 유준보다 먼저 깨워서였다. 시간이 되어 소진이 식탁에 자리를 잡고 나면 유준 아버지가 약냄새를 풍기며 어깨를 좁게 모으고 걸어왔다. 냉랭한 유준 어머니의 표정은 유준이 나타나면 달라졌다. 유준 어머니는 식탁에 들어서는 아들을 향해 상냥하게 웃었고 그제야 처음 봤다는 듯 맞은편에 앉은 소진에게 잘 잤느냐고 물었다. 그러고 나면 아침 식사가 시작되었다. 물을 마시지 않고 음식을 씹으면서 말을 하지 않는다는 규칙을 지키는, 묵묵하고 엄격한 식사였다.

그런 냉대와 부자연스러운 침묵에도 불구하고 소진이 유준의 집을 자주 드나든 것은 각별한 우정 때문만은 아니었다. 다정하지 않은 어머니, 병의 기운을 풍기는 아버지가 흥미로워서도 아니었다. 소진의 마음을 끈 것은 유준의 집이었다. 처음 그 집을 둘러보았을 때 소진은 왜 아이들이 유준과 어울리지 않는지 이해하는 동시에 아이들에 대한 반감을 느꼈다. 집 안에 떠도는 지나친 정적은 매혹적이었다. 소리가 울리는 빈방의 고요와 적막에 대한 동경이 질병의 두려움이나 유준 어머니에게 드는 서운함보다 컸다.

약냄새와 질병의 훈기는 견딜 만했다. 욱하는 성질을 이기지 못해 걸핏하면 싸움을 일삼고 어머니에게 폭언을 퍼붓고 공장에서의 지난한 일에 불평만 늘어놓는 아버지에

14

비하면 말없이 약냄새나 풍기는 유준 아버지는 학자처럼 조용하고 관대했다. 극성맞은 사내아이들에게 시달리느라 아버지만큼 입이 건 소진 어머니는 벌써부터 등이 구부정했고 흰머리가 눈에 띄게 많았으며 검은 눈가에 지친 기색이 역력했다. 유준 어머니가 공장 근로자와 간부, 집안사람을 거느리느라 마른 몸매에도 불구하고 대장부 같은 기운을 풍겼다면 소진 어머니는 공공 근로에 나선 노인처럼 쪼그라들고 피로해 보였다.

소진에게는 형제가 많았는데, 그들은 늘 적은 양의 먹이를 놓고 다투는 새 떼처럼 굴었다. 서로의 물건을 무람없이 차지하고 남의 일기장이나 수첩을 들여다보는 일을 예사로 했다. 소진은 그들로부터 떨어져 있기를 원했고 그런 점에서 유준의 집이 제격이었다.

유준은 거의 집에 틀어박혀 지냈다. 까다롭고 금지가 많은 어머니 때문이기도 했지만 어울릴 친구가 없어서이기도 했다. 아이들 중에는 부모가 유준네 공장에 다니는 집이 많았다. 그 상황을 유준이 가장 의식한다는 게 늘 문제가 되었다. 유준은 형편이 좋지 않은 친구를 지나치게 배려했고 그렇게 해야 하는 피로감을 숨기지 않았다. 아이들은 아니꼽게 여겼지만 소진에게는 별문제가 되지 않았다.

아이들이 유준을 자동차 새끼, 소진을 깜빡이 새끼라고 부르는 것도 개의치 않았다. 그럴수록 유준은 소진에게 의지했다. 유준의 환심을 사려고 애쓰지 않아도 된다는 건 행운이었다. 유준은 소진이 자신의 집을 사이 나쁜 형제를 피할 곳으로 삼았다는 걸 몰랐다.

소진 혼자 방이 많은 크고 조용한 집을 차지할 때도 있었다. 그런 일은 어쩌다 유준 아버지가 입원해야 생겼다. 일하는 아주머니가 외출하고 없으면 유준이 어머니의 옷이나 작은 가방, 종이봉투 같은 것을 챙겨 공장에 급히 심부름을 가기도 했다. 유준은 소진에게 자신이 올 때까지 기다리라고 했고 소진은 마지못한 듯 응했다.

거실의 넓은 창으로 햇빛이 넉넉히 들이쳤는데 마룻바닥에서는 냉기와 온기가 번갈아 느껴졌다. 소진은 삐걱거리는 바닥의 불안한 음색 속에서 두 가지 기운을 품은 텅 빈 구석으로 천천히 걸음을 내디뎠다. 거실을 중심으로 자잘한 무늬의 벽지가 발리고 장식이 화려한 가구가 놓인 유준 어머니의 방, 책이 꽂힌 순서를 욀 수도 있을 유준의 방, 병의 기운과 텁텁한 훈기가 느껴지는 유준 아버지 방과 옷 방이 배치되어 있었다. 옷 방을 지나면 회랑이 나왔다. 뒤늦게 이어 붙인 별채를 연결하는 것으로, 그 끝에 서재와 손님방이 있었다. 벽에 아무것도 걸리지 않은 회랑 쪽으로 가면 내딛는 걸음마다 햇빛이 줄어들었다. 차츰 땅속으로 들어가는 듯한 기분 속에서 소진은 서재의 문을 열었다.

그 방에 꽂힌 책들, 책 뒤편에 숨겨진 노트, 책상 위에 놓인 정서된 서류, 시기가 오래된 두꺼운 장부, 아무것도 들어 있지 않은 휴지통, 공장을 순찰하며 찍은 사진, 내용을 짐작할 수 없는 휘갈긴 메모를 소진은 오래 들여다보았다. 누군가 나타나지 않을까 하는 불안 속에서 커다란 가죽 의자에 앉아 책상에 놓인 만년필을 가끔 손에 쥐어보기도 했다. 문밖의 소리에 귀를 기울이며 유려하고 길쭉한 유준 아버지의 글씨를 허공에 흉내 냈다.

책상 서랍에 든 물건들은 일일이 꺼내 보았다. 맨 왼쪽 서랍에는 인쇄가 흐릿해진 비행기표와 먼 곳의 호텔 숙박 영수증, 아무것도 씌어져 있지 않은 엽서, 한자로 되어 이름과 소속을 읽을 수 없는 명함, 전원이 꺼진 녹음기와 모양이 다른 전자 제품 충전기가 뒤섞여 있었다. 겉으로는 무질서해 보이나 어떤 순서에 따라 정리되어 있을 것이라 생각해 다시 넣어둘 때면 매번 고심해야 했다. 그 물건들을 만지작거리고 있으면 거실이나 회랑 쪽에서 나무로 된 마룻바닥이 지그시 눌리는 소리가 들려오는 듯했다. 소진은 만지던 물건에서 손을 떼고 얼른 문 뒤쪽 벽에 기댔다. 빈집이라는 사실도 몸을 숨길 만한 곳이 없다는 불안감을 누그러뜨리는 데에는 별 도움이 되지 않았다.

얼마간 소리가 들리지 않으면 책상 가운데 서랍에 손을 댔다. 서랍은 늘 굳게 잠겨 있었다. 그런 줄 알면서도 매번 단단히 잠긴 서랍을 흔들어보았다. 소진이 흔들면 서랍에 든 것이 덩달아 조금 움직였다. 그곳은 오직 유준의 아버지만이, 소도시에서 몇 개 안 되는 공장을 운영하고 커다란 집을 건사하는 사람만이 가질 수 있는 비밀스러운 공간이었다.

모든 일이 끝나면 소진은 재빨리 유준의 방으로 돌아왔다. 심장이 뛰는 가운데 서랍에 든 것이 무엇일지 상상했다. 거기에는 소진이 형제들에게 들키거나 빼앗기기 싫어 가방에 늘 가지고 다니는 일기장이나 선물로 받은 열쇠고리, 싸구려 천지갑 같은 것과는 영 다른 물건이 들어 있을 터였다. 소진이 짐작하거나 상상할 수 없는 것이.

유준의 열세번째 생일이 지난 며칠 뒤, 거실 쪽에서 쿵하는 소리가 났다. 유준 방에 홀로 있던 소진은 몹시 놀랐다. 엉겁결에 컴퓨터 전원을 껐다. 유준이 와 있으라 이르고는 현관 비밀번호를 알려주었지만 몰래 들어온 기분이었다. 아무런 기척이 없었다. 곧 방으로 오지 않는 걸 보니 유준은 아닌 모양이었다. 유준 어머니 같았다. 그것 말고 다른 생각은 들지 않았다. 공장에서 가지고 온 기계를 마루에 내려놓거나 무겁고 덩치 큰 살림살이를 들여놓는 소리였을 것이다.

소진은 방에서 꼼짝하지 않았다. 유준도 없는 집에서 유준 어머니와 마주치는 일이 내키지 않았다. 그녀는 방을 차지하고 앉아 컴퓨터를 들여다보는 소진을 못마땅하게 보리라. 유준이 없을 때 그녀는 빈정거림과 냉소를 참지 않았다.

소진은 침대에 똑바로 앉아서 기다렸다. 짐을 끄는 소리가 들리거나 유준 어머니가 누군가를 불러 이것을 옮기라고 호령하는 소리 같은 것을. 소진은 숨죽였고 자신의 숨소리가 뜻밖에 크다는 것에 몹시 당황했다. 문밖으로 기척이 새어 나가면 유준 어머니에게 추궁을 받을 것이다. 왜 방에 몰래 숨어 있는지, 이런 일이 얼마나 자주 있었는지, 빈집에서 무엇을 했는지 하는 것을. 소진은 불쑥 주머니를 뒤졌다. 돌돌 말린 이어폰이 나왔다. 말할 것도 없이 유준의 것이었다. 빌려서 쓰던 것이지만 책상 위에 올려놓았다. 조금 안심이 되었다.

소진은 소리 나지 않게 조심하면서 유준의 침대에 누웠다. 불시에 방문이 열리는 것에 대비하는 데 이보다 좋은 방법은 없는 것 같았다. 눈을 감고 긴장을 억누르며 문밖의 소리에 귀를 기울였다. 유준이라면 사정을 설명할 필요도 없으련만, 유준은 나타나지 않았다.

시간이 지났다. 얼마나 흐른 것일까. 조용했다. 문밖에서는 아무 소리도 들리지 않았다. 유준 어머니가 낸 소리가 아님을 짐작할 수 있을 정도로 시간이 흘렀다. 소진은 침대에서 일어나 살그머니 방문을 열었다. 집 안은 조용했다. 누군가 있다는 게 느껴지지 않았다. 조금 더 걸어 나갔다. 이 집의 물건을 하나도 지니지 않았다는 생각으로 용기를 냈다.

거대한 물소가 전진하는 모양으로 배치된 소파 옆에서 그것을 보았다. 그것은 바닥에 누워 잔뜩 부푼 배를 내밀고 꼼짝도 하지 않고 있었다. 쓰러지면서 앞자락이 젖은 옷이 들려 배가 거의 드러나 있었다. 살이 부풀 대로 부풀어 투명해진 피부 탓에 파란 혈관이 다 보였다. 유준 아버지였다. 그는 눈을 꼭 감고 있었다. 죽은 건 아니었다. 희미하게 오르락내리락하는 둥근 배가 그것을 일러줬다. 아까 들린 소리는 거구의 유준 아버지가 쓰러지면서 낸 소리인 모양이었다. 화장실이나 부엌 쪽으로 가려고 방에서 나왔다가 균형을 잃은 것 같았다.

소진은 그가 눈을 뜰까 봐 두려워하면서도 바닥에 드러누운 거대한 몸에서 눈을 떼지 못했다. 지금은 죽지 않았지만 그대로 두면 죽을 것 같았다. 적어도 건강에 심각한 해를 입을 것 같았다. 유준 어머니가 떠올랐다. 신속한 행동으로 적절히 의학적 대처를 하는 모습이 아니라 소진을 못마땅해하고 의심하고 왜 여기 있었느냐고 호통치는 모습이. 유준 없이 혼자 있던 것이 처음이 아닌데도 유준에게조차 오해를 받을 것 같았다. 만약 그간 이 집에서 의미 있는 물건을 잃어버린 적 있다면 틀림없이 그 의심까지 받게 될 것이다.

소진은 조용히 걸음을 옮겼다. 유준 아버지가 아직 숨을 쉬고 있다는 것만 생각했다. 발소리를 내지 않도록 조심하면서 현관을 빠져나왔다. 넓은 마당을 단숨에 가로질렀다. 아버지 때문이었다. 유준 어머니는 아버지를 불러 자식 훈육에 대해 실컷 비난을 퍼부을 것이다. 아버지가 소진의 잘못을 빌어야 하는 상황이 올지도 몰랐다. 거짓은 아니지만 그게 전부는 아니었다. 소진은 무서웠다. 죽은 사람을 가장 먼저 보고 그것을 알리고 사람들에게 그 상황을 되풀이해서 말해야 한다는 것이.

공장은 전적으로 유준 어머니가 맡게 되었다. 그녀가 집을 비우는 시간이 많아졌다는 뜻이었다. 유준 아버지는 여섯 달 정도 병원에 입원했다가 퇴원했다. 그사이 숨 쉬는 것 말고는 아무것도 하지 못하는 사람이 되어 있었다. 소파 옆에 쓰러졌을 때와 별다르지 않은 모습이었다. 더 살이 찌고 눈을 뜨고 있기는 했다. 퇴원한 후로 유준 아버지는 침대에만 누워 지냈다. 간병인의 도움을 받아 튜브를 통해 식사를 공급받으며 누운 채로 용변을 본다고 했다.

무슨 이유인지 간혹 간병인이 없을 때도 있었다. 그러면 유준이 그 일을 대신했다. 오줌으로 가득 찬 플라스틱 통을 비우고 참을성 있게 물과 약을 입으로 흘려 넣어주었다. 유준이 그 일을 하는 동안 소진은 침대 발치에 서서 유준 아버지를 내려다보았다. 그는 꼼짝 않고 누워서 눈동자를 분주히 움직이다가 갑자기 눈을 부릅떴다. 소진을 쳐다보는 것은 아니었다. 천장이나 허공을, 간혹 유준을 바라봤다. 결코 눈을 감지 않겠다는 듯 크게 뜬 눈을 고정했다. 소진은 눈동자의 분주한 움직임과 돌연한 정지의 의미를 알 수 없어 두려웠다. 그럼에도 그를 지켜보는 일을 멈추

지 않았다. 그날 그가 자신을 보지 못했다는 확신이 필요
해서였다. 유준 아버지는 결코 소진에게 눈길을 돌리지 않
는 것으로 소진을 안심시켰다. 그렇다고 해서 눈동자에 드
리워진 압도적인 그림자를 무시할 수 있는 것은 아니었다.
소진은 있는 힘을 다해 눈동자를 굴리는 유준 아버지가 두
려웠고 눈동자의 노력을 모른 척하는 유준이 두려웠다. 이
두려움이 유준에게 전달될까 봐 두려웠다.

　전쟁이나 마찬가지라고 유준 어머니가 말했다. 그녀는
중학생인 유준의 얼굴을 어린아이에게 하듯 쓰다듬었다.
사람들이 다 총을 겨누고 있어. 공장과 나한테 말이야. 네
아빠 벌써 전사한 거나 마찬가지지. 유준 어머니가 돌연
낄낄거렸다. 유준은 연민에 찬 눈빛으로 어머니를 보았다
가 이내 표정을 바꾸었다. 소진은 유준의 그런 표정을 불
안한 마음으로 감지했다.

　유준 어머니는 성격이 더 예민해지고 의심이 늘었다. 엄
격하기는 해도 간혹 다정하게 미소를 지어주던 모습은 아
예 사라져버렸다. 누군가 공장과 집을 노린다는 생각만 했
다. 유준에게마저 뭔가 캐묻고 추궁하는 일이 잦아졌다.
소진이 있을 때도 마찬가지여서 간혹 유준이 어머니에게
변명하느라 애먹는 걸 지켜봐야 했다. 유준은 하도 쩔쩔매

는 통에 사실을 애기할 때조차 거짓말을 하고 있다는 오해를 샀고 소진이 보기에도 거짓말처럼 느껴졌다. 사소한 유준의 핑계나 변명도 그냥 넘어가지 못할 정도로 유준 어머니는 사람들의 속임수에 시달리는 모양이었다.

소진은 부모가 나누는 대화에서 유준 어머니가 경영을 맡게 되면서 공장에 불만을 가진 사람이 늘었다는 걸 알았다. 아버지 역시 유준 어머니의 처신이 이전만 못하다고 불평했다. 유준 아버지는 직원들에게 애정이 있었고 필요한 것이면 뭐든 마련해주려고 노력해왔는데, 유준 어머니는 직원들이 관대함을 바란다는 것을 모른 척한다고 비난했다. 게다가 그 무렵 자동차 산업을 둘러싼 생산 시스템에 변화가 일어나고 있었다. 얼마 후 주 거래처인 자동차 회사가 매각 위기에 처하면서 하청업자들의 운명이 달라지리라는 것을 유준 어머니는 아직 알지 못했다.

소진은 계속 그 집에 드나들면서 그들 가족이 모여 앉던 커다란 육인용 식탁이 별 쓸모 없어지는 것을, 오전에 잠깐 환기시킬 때를 제외하고는 집 안의 모든 창이 하루 종일 커튼에 가려 외부의 시선을 차단하는 것을, 유준 아버지가 출장을 다닐 때마다 외국 공항에서 사 온 술로 가득 찼던 장식장이 조금씩 비워지는 것을, 깊은 밤 유준 어머니 홀로 식탁에 앉아 그것을 마시며 중얼거리는 것을, 재정 문제로 간병인과 일하는 사람을 시간제로 바꾸는 것을 모두 지켜보았다. 그러기까지 얼마 걸리지 않는다는 데 내심 충격을 받았다.

유준은 급작스럽게 살이 쪘다. 이상 징후일 수도 있었다. 신체적 무기력이나 정신적 우울감 같은 것. 학교에서 몸집 때문에 놀림을 받았다. 공장이 어렵다는 소문도 아이들의 노골적인 괴롭힘에 일조했다. 간혹 소진마저 도울 수 없는 지경에 처하면서 유준은 더욱 소진에게 의지했다. 소진이 다른 아이들과 함께 있으면 유준은 얼굴이 굳고 눈빛이 딱딱해졌다. 소진에게 노골적으로 요구하기도 했다. 몇 시에 오라거나 자고 가라거나 약속을 취소하고 자신을 만나라는 식으로. 소진은 묵묵히 유준의 요구에 응했다. 한 번 유준과 멀어지면 더 이상 친구가 아닌 관계가 되어버릴지도 모른다는 예감이 있었다.

손님이 찾아온 금요일 오후, 유준 어머니는 아침부터 분주히 움직였다. 온 집 안의 문이 오랜만에 동시에 열렸다. 방문을 열어 병상의 냄새와 훈기를 빼는 동안 유준 아버지는 우두커니 천장을 보고 누워 있었다. 유준 어머니는 아버지가 있는 방 쪽은 쳐다보지 않았고 어쩌다 시선이 닿을 때면 차갑게 고개를 돌렸다.

　손님은 풍채가 좋고 기름 낀 머리를 모두 뒤로 넘기고 목소리가 호탕한 노인이었다. 그는 요란하게 집 안에 들어섰다. 몹시 시끄러웠는데, 둥근 새장에 든 새가 짖는 소리였다. 노인은 높고 단조로운 톤으로 재미없게 짖는 새를 유준에게 내밀었다. 유준은 마지못해 새장을 받았다. 노인은 어린아이에게 하듯이 윙크를 하거나 익살스러운 표정으로 유준을 상대했다. 흥미롭게 소진을 쳐다보았다가 유준의 친구라는 말에 곧 무표정한 얼굴로 돌아갔다. 유준 어머니와 함께 유준 아버지를 보러 가기도 했다. 쓰러져 누운 후로 누구도 잡아주지 않은 유준 아버지의 손을 거리낌 없이 잡았고 이불을 다독여줬다. 유준 어머니는 거리를 유지한 채 장사꾼의 눈빛으로 그 광경을 지켜보았다.

　그녀는 손님과 있는 자리에 유준이 착실하고 의젓한 모습으로 동석하기를 바랐다. 소진이 유준과 함께 노인 맞은편에 앉아야 했다. 노골적으로 못마땅해하는 어머니의 시선도 무시한 채 유준이 소진을 슬며시 끌어당겨서였다. 노인과 유준 어머니는 겉으로 보이는 나이 차에도 불구하고 오랜 친구처럼 스스럼없이 대화를 주고받았다. 유준 어머니는 평소의 예민하고 까다로운 태도를 다정하게 배려하고 응대하는 것으로 바꾸었다. 노인과 목소리를 낮춰 가망 없는 회복과 부작위 치료에 대해 얘기를 나누었다. 그 말의 의미를 이해하기 시작한 유준은 얼굴이 굳었다.

소진은 눈치껏 자리에서 일어났다. 이번에는 유준도 잡지 않았다. 소진은 회랑 쪽으로 갔고 얘기가 길어질 것이라 생각해 조심스럽게 서재 문을 열었다. 침대에 누워 있는 유준 아버지가 절대로 일어나지 못한다는 사실에 울컥 서러운 기분이 들어서였다. 유준 어머니나 유준은 소진이 당연히 손님방에 갔다 생각하리라. 그런 생각을 할 틈도 없이 말 많은 노인을 상대하는지도 몰랐다.

육중한 나무 문을 밀어 닫자 어떤 소리도 들리지 않았다. 소진은 의자에 앉아 어둡고 고요한 서재를 돌아보았다. 방 주인의 오랜 부재에도 불구하고 서가를 빼곡히 채운 책들, 서가 위에 놓인 장식물까지 모든 것이 제자리를 지키고 있었다. 책상 서랍을 열어보았고 여전히 그 안에 있는 것을 둘러보았다.

마지막으로 가운데 서랍에 손을 댔을 때 조금 달라진 걸 느꼈고 곧 그게 무엇인지 알았다. 천천히 서랍을 끌어당겼다. 잠기지 않은 서랍은 쉽게 빠져나왔다. 텅 비어 있었다. 아마도 유준 어머니가 서랍 안에 든 것을 사용했을 것이다. 소진의 당혹감과 상관없이 텅 빈 서랍은 몹시 자연스럽게 느껴졌다. 서재의 물건들 역시 아직은 제자리에 있지만 곧 그렇게 될 것처럼 보였다. 소진은 제 물건을 도둑맞은 것처럼 화가 났다. 왜 그런 기분이 드는지 생각할 겨를도 없이 서재 문이 열렸다.

유준이었다. 노인에게서 풀려난 유준은 소진을 찾아 손님방으로 갔을 것이고 거기에 없자 서재로 와보았을 터였다. 유준은 잠시 멈추어 있다가 천천히 책상 앞으로 다가왔다. 소진은 자신을 향해 걸어오는 유준의 얼굴을 똑바로 보았다. 소진은 유준에게도 화가 났고 그러는 데 당황해서 뭐든 변명할 시간을 놓쳤다. 유준 역시 아직까지 텅 빈 서랍을 잡고 있는 소진에게 어떤 것도 묻지 않았다. 불도 안 켜고 뭘 하느냐거나 왜 서랍을 열어보았느냐는, 따져 물어도 조금도 이상할 게 없는 질문을 하나도 던지지 않았다. 그저 소진의 실망을 짐작한 듯 열린 서랍을 툭 건드려 다시 닫았을 뿐이다. 그러고는 한숨을 길게 내쉬었다. 소진은 유준과 자신이 이 일을 완전히 다른 방식으로 받아들이고 있다는 것을 깨달았지만 섣불리 말을 꺼내지 못했다.

어색한 침묵도 잠시, 유준 어머니가 다급하게 서재 쪽으로 왔다. 그녀는 유준과 소진이 그 방에 있는 것을 탓하지 않았다. 그들을 빨리 찾을 수 없어 화난 듯 보이기는 했다. 유준 어머니는 외출 사실을 알렸다. 서두는 기색이 역력했다. 갑작스러운 결정이지만 치장이 필요한 자리에 가는 것임을 어렵지 않게 짐작할 수 있었다. 노인을 따라나서면서 그녀는 어떤 당부도 남기지 않았다.

저 사람, 전쟁에 나간 적 있대. 노인과 어머니가 탄 차가 빠져나가면서 골목길에 빛을 긋는 걸 보며 유준이 말했다. 소진은 의아한 표정으로 유준을 돌아보았다. 군인이었대. 그럴 수 있었다. 소진의 할아버지는 다른 나라에서 벌어진 전쟁에도 다녀온 사람이었다. 사람을 죽인 적은 없대. 총을 잡아보지도 못했대. 그래도 사람이 죽는 건 봤대. 유준의 목소리는 점차 잦아들었다. 금방이래. 많이 아플수록 금방 죽는대. 마지막 말은 잘 들리지 않았다. 그 말을 하면서 유준은 소진을 노려보았다. 차갑고 불안해 보이는 눈빛이었다. 자신이 그런 기분임을 굳이 숨기지 않았다.

그 눈빛은 좀 섬뜩한 데가 있었다. 학교에서 아이들에게 놀림받는 유준을 소진이 모른 척하는 걸 보았을 때나 다른 친구들과 놀고 있는 소진을 혼자서 기다릴 때의 눈빛이었다.

아닐 수도 있었다. 요즘 들어 유준의 표정은 늘 그랬다.

유준은 긴장을 놓지 못하는 학교생활에 다소 지친 듯 보였다. 멍하니 있을 때가 많아졌고 간혹 예기치 못한 것에 분노를 터뜨렸다. 노크 없이 방문을 여는 소진에게, 슬리퍼 소리를 요란하게 내는 시간제 간병인에게, 밤늦게 돌아온 어머니에게 소리를 질렀고 분을 못 이기고 대수롭지 않은 물건을 던지기도 했다.

소진은 당황했고 침묵을 깨기 위해 유준에게 국경 밖에서 벌어지는 갖가지 참상을 얘기하려고 했다. 설득할 정도로 충분히 알지 못하지만 학교 선생이나 뉴스를 통해 듣기로는 그런 일은 지구상에서 날마다 벌어졌다. 그런 사람이 잘도 살아. 유준이 빈정거리듯 말했다. 그런 사람이란 어떤 사람을 가리키는 걸까. 소진의 의문이나 긴장은 자연스럽지 못했다. 유준은 그저 노인 얘기를 할 뿐이었다. 어쩌면 오래된 전쟁이나 다른 곳에서 벌어진 내전 얘기일 수도 있었다. 그 모든 얘기일 수는 있지만 소진에 대한 얘기는 아니었다. 차가운 눈빛은 소진이 아니라 노인이 가져온 새를 향한 것이리라. 처음 새를 봤을 때 유준이 짓던 표정을 떠올리면 그랬다.

소진이 약 시간을 상기시켜줄 때까지 거실에 침통하게 앉아 있던 유준이 재촉에 떠밀리듯 방으로 약봉지를 가지

고 들어갔다. 죽처럼 물에 갠 약을 천천히 입에 흘려 넣어
주는 일은 얼마간 시간이 걸렸지만 그날따라 더 오래 걸
렸다. 소진이 재미없고 신통할 것 없는 새를 질리게 들여
다본 후에도, 텔레비전으로 지루한 사극 드라마를 보고 난
후에도 유준은 방에서 나오지 않았다. 소진은 부엌을 뒤져
보자기를 찾아내 새장에 덮어주었다. 내친김에 텔레비전
을 *끄*자 거실이 조용해졌다. 큰 집의 고요가 어둠과 함께
밀어닥쳤다. 소진 혼자 이 집에 있을 때면 느껴지던 낯설
면서도 익숙한 기분이었다. 그럴 리 없으므로 소진은 유준
아버지가 누워 있는 방으로 갔다.

살짝 열린 문틈으로 숨을 참아야 할 정도의 지독한 냄
새가 훅 끼쳐왔다. 코를 막고 나니 그제야 우두커니 서 있
는 유준의 뒷모습이 보였다. 유준은 똑바로 서서 제 아버
지를 내려다보고 있었다. 소진이 불러도 돌아보지 않았
다. 유준아. 다시 불렀다. 내 방에 가 있어. 유준이 작은 목
소리로 말했다. 단호하지만 침울한 명령조였다. 유준은 제
아버지를 바라보는 일을 멈출 생각이 없는 듯했다. 소진은
천천히 문을 닫았고 거실 소파에 앉았다.

잠시 후 방에서 나온 유준은 소진을 제 방으로 데리고
갔다. 유준과 소진은 컴퓨터 게임을 하고 각자 쓸데없는

일로 시간을 보냈다. 소진이 돌아가려는데 유준이 붙잡았다. 더 이상 친구와 정신없이 노느라 집에 돌아갈 때를 놓친 아이도 아니고 학교에 가져갈 교과서도 없는지라 자고가는 일이 내키지 않았으나 유준은 완강했다.

다음 날 아침 북쪽 방으로 소진을 깨우러 오는 사람은 없었다. 소진은 늦도록 잤고 이른 가을임에도 한기 때문에 몸살기를 느끼며 잠에서 깨어났다. 어리둥절한 채로 주위를 둘러보다 블라인드 사이로 비치는 햇볕의 온기가 낯설게 느껴져서 이미 지각했다는 것을 깨달았다. 더불어 집안이 지독히 조용하다는 것, 소진을 깨우러 오는 유준 어머니의 퀭한 눈빛이 없다는 것이 마음에 걸렸다.

소진은 천천히 북쪽 방에서 걸어 나왔고 직감적으로 집안에 자신 말고는 아무도 없다는 것을 깨달았다. 유준이 자신을 두고 학교에 가버렸다는 생각에 소진은 몹시 화가 났다. 밤늦게 돌아온 유준 어머니는 소진이 있는 걸 몰랐을 수도 있었다. 늦잠을 자도록 둔 것은 전적으로 유준의 판단이었을 것이다. 뒤늦게 학교에 도착해서 유준의 교실로 가보지 않은 것은 그 때문이었다. 그날 아침의 유독한 고요가 무엇을 의미하는지, 소진은 저녁에 공장에서 아버지가 돌아온 후에야 알게 되었다.

이사는 급하게 결정되었다. 사람들은 유준 아버지의 죽음이 가져온 불행을 즐기는 일에 혈안이 되어 있었다. 소문은 유준 아버지의 갑작스러운 죽음에 초점이 맞춰졌다가 공장 매각이 알려지자 흐지부지 가라앉았다. 공장 매각은 초기에는 비밀스럽게 진행되었지만 성사될 즈음에는 이미 알 만한 사람들에게 죄다 퍼졌다. 엄청난 돈을 남겼다는 소문과 달리 세금을 제하면 푼돈만 남았다. 합법적인 절차를 거친 것이어서 유준 어머니가 공장을 인수한 노인에게 법적인 책임을 물을 수 없다고 했다. 노인은 그 일에 모든 대비를 해두었으며 유준 어머니의 어리석은 처신에 함께 분노하는 사람은 아무도 없었다.

소진이 보러 갔을 때 유준은 힘을 주어 새를 감싸 쥐고 있었다. 유준의 얼굴이 몹시 붉었고 힘을 준 손에는 핏줄이 도드라져 있었다. 소진이 깜짝 놀라자 유준이 마지못해 힘을 풀었다. 그러고는 자신과 상관없이 새는 이미 죽어 있었다는 걸 보여주려는 듯 소진에게 새를 내밀었다. 공장 매각을 두고 노인이 부린 술수가 드러난 후로 새에게 먹이나 물을 주는 사람은 아무도 없었을 것이다. 만져봐. 유준이 말했다. 소진은 고개를 저었다. 유준은 포기하지 않았고 소진은 할 수 없이 내키지 않는 손을 가져다 댔다. 새는 조금의 온기도 없었다. 죽은 지 꽤 지난 모양이었다.

소진의 충고대로 유준은 죽은 새를 쓰레기통에 버리지 않고 마당의 나무 밑에 묻기로 했다. 봉분을 만드는 대신 돌멩이를 하나 올려놓았다. 그런 후에는 유준의 바람대로 돌멩이를 향해 나란히 섰다. 다음에도 새로 태어나라. 유준이 중얼거렸다. 축복의 말인지 아닌지 알 수 없었다. 소진은 아무것도 빌지 않고 그저 유준을 쳐다보았다. 얼마 전 장례식 때도 그랬다. 식이 진행되는 동안 울지 않는 유준을 뒤쪽에서 바라보았다. 사람들이 많지 않아서 방해받지 않고 볼 수 있었다. 유준은 울음을 꾹 참고 있는 것 같았다. 일부러 그런 표정을 짓는 것도 같았다. 이제 그 집에는 가지 마라. 모든 게 끝난 후 아버지가 소진에게 말했다. 재수는 옮는 거야. 덧붙이기도 했다. 소진은 대꾸하지 않았다.

유준이 아버지의 죽음에 큰 충격을 받았다는 것이 느껴졌다. 말이 없어졌고 자주 손에 힘을 주었고 울지 않아도 눈이 붉었다. 유준은 죽은 아버지에 대해 딱 한 번 지나가듯 말했다. 아버지가 죽을 수 있는 사람이라 놀랐다는 얘기는 아니었다. 죽은 아버지가 남긴, 성분이 불분명한 재에 관한 얘기였다. 유준은 어머니의 권유로 장갑을 낀 채

재가 된 아버지를 한 줌 쥐었다. 장갑은 하얬는데, 누렇고 입자가 굵은 재는 좀처럼 바람에 날아가지 않았다. 장갑에 묻어 떨어지지 않는 재 때문에 유준은 무척 애를 먹었다. 재가 묻은 장갑을 유준 어머니는 유품을 태우는 불길에 던져 넣었다. 그 불길이 아버지의 물건을 거의 다 태웠다고 유준이 말했다.

이사 전날 유준과 소진은 곧 옛집이 될 커다란 집을 둘러봤다. 아직까지 냄새가 빠지지 않은 방과 물건으로 가득 찬 방들, 커다란 소파가 있는 거실과 육인용 식탁이 놓인 부엌, 소진이 자던 손님방과 유준 아버지의 서재까지.

집을 둘러본 후에 유준은 나무로 갔다. 말없이 발로 땅을 툭툭 쳤다. 한 번 팠다가 되묻은 적 있는 흙은 쉽게 바스러졌다. 소진이 잠자코 서 있는 게 못마땅하다는 듯 유준은 아예 쭈그려 앉아 돌멩이를 치우고 손으로 땅을 파헤쳤다. 깊이 팠다. 거기에는 새의 깃털이나 가느다란 뼈, 썩어가는 몸뚱이 같은 게 하나도 남아 있지 않았다. 새를 묻은 곳을 잘못 기억하거나 그럴 만한 시간이 지나서는 아니었다. 뭔가 잘못된 것 같았다.

유준은 아무것도 없다는 사실에 화를 내며 인근의 땅을 더 파헤쳤다. 새를 묻을 때보다 깊고 넓게. 깨끗해. 아무것

도 없어. 기진맥진할 정도로 주변을 헤집고 나서 유준이
말했다. 이런 것이구나. 유준이 덧붙였다. 소진은 그게 무
슨 뜻이냐고 되묻지 않았다. 자신의 둔감함을 유준이 눈치
채지 못하기만을 바랐다. 유준은, 새와 달리 아버지는 어
쩌자고 그렇게 끈끈한 가루가 되었는지 모르겠다고 중얼
거렸고 농담이라는 듯 피식 웃었다. 비밀이야. 유준이 땅
을 다져 넣으며 말했다. 소진이 고개를 끄덕였다. 아버지
에 대한 농담이 비밀인지 죽은 새가 감쪽같이 사라진 게
비밀인지 알 수 없는 채로 그것은 그들이 함께 가진 첫번
째 비밀이 되었다. 마지막이기도 하다는 걸 당시에는 알
수 없었다.

　그날 밤 소진은 유준의 집에서 잤다. 언제나와 마찬가지
로 북쪽 방에서였다. 깊이 잠들지 못했다. 이 집에는 소진
만 아는 것들이 있었다. 유난히 삐걱거리는 마룻장, 텅 빈
회랑 벽에 몰래 해놓은 의미 없는 낙서, 손님방 이불의 까
슬거리는 감촉. 창으로 스며드는 달빛의 방해를 받으면서
그런 생각들로 자주 뒤척였다.

　까무룩 잠이 들었는데 조심스럽게 문이 열리는 소리가
들렸다. 어디에도 불이 켜지지 않아 어두운 복도의 공기가
스며들었다. 창밖으로 희미한 불빛이 비치는 가운데 누군

가 소리 없이 침대 곁으로 다가왔다. 그 사람은 가만히 서서 침대에 누워 있는 소진을 들여다봤다. 소진은 눈을 뜨지 않았다. 소리가 들릴까 봐 침도 삼키지 않았다. 어떤 것도 보이지 않고 아무 소리도 들리지 않았는데 자신을 내려다보는 사람이 울고 있다는 느낌이 들었다. 유준이 침대맡에 서서 한참 동안 제 아버지를 쳐다보던 것이 떠올랐다. 단단하고 조그만 유준의 등과 그 너머로 보이던 유준 아버지의 미동 없이 쭉 뻗은 다리, 몸을 덮은 흰 이불 같은 것이. 유준은 그때 아버지가 죽었다는 것을 알았을지도 몰랐다. 그러자 오래전 소진이 홀로 거실에서 들려오는 소리를 들었던 것을 유준이 알고 있다는 생각이 들었다. 본래 단정히 정리되어 있던 침구는 소진이 누웠다 일어난 흔적을 그대로 남겨놓았을 것이다. 컴퓨터 사용 내역을 확인하기만 해도 간단히 알 수 있었을 것이다. 황급히 집에서 빠져나가는 소진을 보았을 수도 있었다. 그런데도 유준이 그간 한마디도 하지 않았다고 생각하자 몹시 두려워졌다. 두려운 가운데 실제로 일어난 일과 어쩌면 일어났을지도 모르는 일까지 알 것 같은 심정이었다. 소진은 결코 눈을 뜨지 않았고 침대를 내려다보는 기척이 계속되는 가운데 어느 순간 까무룩 잠에 빠져들었다.

다음 날 아침 유준 어머니는 여느 날보다 일찍 소진을 흔들어 깨웠다. 유준 어머니의 뒷모습을 비추는 거울은 이미 치워지고 없었다. 이삿짐이 커다란 두 대의 트럭에 나뉘어 실리고 있었다. 소진은 추위에 떨며 그것을 지켜보느라 유준에게 아무것도 물어보지 못했다.

우리가

나란히

우지는 차림이 깔끔했다. 몸에 꼭 맞는 연한 스트라이프 슈트를 입었는데, 옷감이 좋아 보였다. 주머니에서 꺼낸 수건에서는 은은한 향이 풍겼다. 분위기가 예전과 달랐다. 살이 많이 쪄서 그런 느낌이 드는지도 몰랐다.

방에 들어오자마자 우지는 마실 것을 부탁했다. 나는 알 겠다는 듯 흔쾌히 고개를 끄덕였지만 그대로 의자에 앉아 있었다. 우지는 채근하지 않았다. 잠시 나를 빤히 쳐다봤 다. 나는 부드러워 보이는 우지의 셔츠를 보았다. 저런 옷 을 입어본 지 오래되었다는 생각이 들었다. 우지는 잠자코 있다가 가방에서 생수를 꺼냈다. 그게 그의 장점이었다. 자신이 원하는 것을 위해 다른 사람을 재촉하지 않았다.

우지는 생수를 딱 한 모금만 마시고 뚜껑을 덮어 가방

에 도로 넣은 후 방을 둘러봤다. 누구에게나 구경거리가 될 만했지만 우지가 방의 기이한 규모나 공간을 절약한 구조 따위를 일별하는 건 아니었다. 마실 걸 찾는 눈치였다. 입을 다시는 폼이 그랬다. 별게 있을 리 없어서 우지는 다시 생수를 꺼내 조금 마셔야 했다. 나는 방에서 유일한 의자에 앉아 죄다 지켜보았다. 우지가 굵은 땀을 흘리며 아끼듯 생수병에 든 것을 마시는 모습을, 그러는 동안에도 왼손으로 끊임없이 허벅지를 두드려대는 것을.

앉을 데를 찾아 침대에 걸터앉은 우지가 다시 가방을 열었다. 딱딱해 보이는 가죽 가방으로, 건축 도면이나 부동산 계약서가 들어 있을 법했다. 생수병이 더 있을지도 모른다는 생각이 들었으나 들여다보지 않았다. 부스럭거리는 소리가 나더니 우지가 감추는 기색 없이 사탕을 입에 넣었다. 사탕을 다 먹을 때까지 말하지 않을 심산인가 싶어 조바심이 났다. 원래 우지는 말이 많은 타입이 아니었다. 나는 더했다. 우지가 방으로 들어설 때도 놀라기는 했지만 말이 나오지 않았다.

우지가 사탕을 빨며 말했다.

"너는 그대로야. 좀 마르긴 했지만 살이 찐 것보다는 낫잖아. 세상에, 어떻게 살이 하나도 찌지 않았지?"

우지는 다른 사람의 근황을 오로지 체중으로만 살피게 된 모양이었다. 기준이라는 건 달라지기 마련이었다. 오래전에는 내게 고생한 티가 나니까 살 좀 찌우라고 한 적 있었다.

사탕을 다 먹고 나서 우지는 껌을 꺼내 씹었다. 소리가 거슬렸지만 잠자코 있었다. 지금의 내가 유일하게 상대할 수 있는 사람이 있다면 우지일 것이다.

우리는 죽이 잘 맞았다. 별것 아닌 화제로 나란히 앉아 종일 떠들었다. 무엇보다 우리는 같은 시련을 겪었다. 가진 돈을 모두 친구에게 투자했는데, 알고 보니 페이퍼 컴퍼니였다.

아내는 낙담했지만 집을 줄이고 빚부터 갚자고 말해주었다. 아내와 나는 괜찮은 아파트에 살고 있었다. 집에는 장미목으로 만든 사이드보드와 덴마크 브랜드의 암체어가 있었다. 신도시였는데 정부에서 부동산 대책을 발표한 후 오히려 집값이 올랐다. 아파트 담보로 대출받을 수 있는 금액이 늘었고 그게 고스란히 빚으로 남았다. 아내에게 회사 퇴직과 제2금융권 대출 사실을 털어놓자 태도가 분명해졌다. 나의 분별없음을 비난했고 자신과 상관없는 채무라고 선을 그었다. 맞는 말이었다.

이혼 후 아내는 친정으로, 나는 부모님 댁으로 들어갔다. 처음에는 돈 때문에 외출하지 못했다. 일단 밖으로 나가면 한 푼이라도 썼다. 걷다 지치면 버스를 타야 했고 목이 마르면 생수를 사서 마셔야 했다.

나중에는 가려움이 심해져서 못 나갔다. 틀어박힌 동안 씻지 않아서 그런가 싶었는데 몸에 개미가 기어 다니는 것 같았다. 작고 빨개서 좀처럼 눈에 띄지 않는 개미가. 싱크대 근처에서 개미를 본 적 있는데, 그게 옮겨 왔을 것이다. 가려움을 참을 수 없어서 개미를 잡아볼 요량으로 옷을 다 벗었다. 당연히 간지럽기 때문에 히히거리거나 짜증 섞인 소리를 냈다. 친척들이 모여 있다가 질겁했다. 단지 옷을 벗은 것뿐인데 어머니는 나를 보며 울었다. 개미를 잡아 증명하려 했으나 쉽게 잡히지 않았다.

아버지가 용돈을 주었다. 필경 돈이 없어서 일부러 그런다고 생각한 것 같았다. 아버지는 정년까지 시내버스를 몰았고 퇴직한 후에는 몇 년간 마을버스를 운전했다. 국민연금이 있지만 소액이었다. 그것으로는 모자라서 집을 은행에 넘기고 매달 푼돈을 받았다. 손해 보는 일이었지만 미리 알았더라도 말리지 못했을 것이다. 파산한 아들은 부모의 노후에 어떤 이의도 제기할 수 없는 법이다.

한번은 아파트 엘리베이터에서 하도 간지러워서 개미를 잡아보려고 웃통을 벗었다. 누군가 엘리베이터를 타려다가 깜짝 놀라서 타지 않았고, 그 사람이 신고했는지 관리사무소에서 연락이 왔다. CCTV 영상을 보고 아버지는 결심했다. 버스를 몰며 모은 돈과 집을 조금씩 헐어 만든 돈으로 목돈을 만들어 줬다. 유산인 셈 쳐라. 미안해할 거라 생각했는지 아버지가 말했다. 미안하지 않았다. 고맙지도 않았다. 서운했다. 내쳐진 기분이었다. 인정머리 없는 행동이라고 비난을 퍼부었다. 오갈 데 없는 나는 그렇게밖에 생각하지 못했다.

우지는 불룩한 배를 내밀고 가쁘게 숨을 내쉬며 87일째라고 말하고는 껌을 씹었다. 공기와 마찰한 껌이 규칙적으로 딱딱 소리를 냈다. 가만 살펴보면 여전히 눈썹이 짙고 콧날이 근사했는데, 볼과 목에 살이 쪄서 아름다운 이목구비도 소용없어졌다.

투자에 실패하고 우지와 나는 늘 붙어 다녔다. 우지는 유명 배우의 명목상 매니저였고 그에 합당한 월급을 받았지만 아무것도 하지 않는 게 돕는 거라는 암묵적 판단으로 실제로 어떤 일도 하지 않고 지냈다. 낮에는 우리를 등친 친구를 찾아다니고 저녁이면 술을 마셨다. 친구는 어디에도 없지만 술은 어디에나 있었다. 친구는 사기를 쳤지만 술은 그렇지 않았다. 마시면 기분이 나아졌고 뭐 어떠랴 싶어졌고 마음껏 화를 낼 수도 있었다. 처음에는 맥주였는데 차츰 소주를 마셨고 이내 아무거나 마셨다. 밤에만 마시다가 나중에는 만나기만 하면 며칠이고 정신을 잃을 때까지 마셨다. 힘들었지만 잡담과 술통 뒤에 숨어 우애를 다졌다.

돈독한 날은 금세 지나갔다. 여느 날과 마찬가지로 대낮에 싸구려 술집에서 술을 마시는데, 우지가 바닥으로 넘어졌다. 나는 깔깔 웃었다. 우지도 웃었다. 우지와 나는 특별한 일 없이도 웃음을 터뜨렸다. 그렇게 하지 않으면 아예 웃을 일이 없었다.

우지는 일어나려 버둥댔다. 하필이면 테이블 다리를 붙잡았다. 그것 말고는 잡을 게 없어서였다. 테이블이 우지 위로 넘어졌다. 쿵 소리가 났다. 나는 계속 웃었다. 눈물이 날 정도로 웃다가 내려다보니 우지는 눈을 감고 차가운 바닥에 누워 있었다. 우지는 종종 그렇게 했다. 술을 마시고 길바닥에 눕거나 주저앉아 눈물을 터뜨려 나를 고생시켰다. 어떤 때는 바닥에 쓰러져 경련을 일으켰다. 온몸을 씰룩거리며 부들부들 떨었다. 진짜일 때도 있고 연기일 때도 있었다. 간혹 우지가 웃어서 알아차렸다. 웃지 않으면 알아내기 힘들었다. 감쪽같았다. 그래서 우지는 배우로 실패했다. 뭐든 똑같이 흉내 내는 걸 연기라고 생각했으니까.

어느 정도 기다리다가 안 일어나면, 연기든 아니든 그건 일어날 생각이 없다는 뜻이어서 술 취한 우지를 부축해야 했다. 그럴 때의 우지는 거대한 문어 같았다. 축 늘어지고 달라붙고 한 손에 잡을 수 없게 미끄덩거렸다. 그렇게 집까지 겨우 끌고 가면 우지는 말짱한 얼굴로 몸을 일으켰다. 순전히 나를 놀리려고 그러는 것이었다.

우지를 수습할 생각만으로도 피로해져서 멍하니 보고 있는데 누군가 소리를 지르며 다가왔다. 나쁜 신호였다. 비로소 그게 보였다. 우지가 넘어진 바닥에 시뻘건 피가 빠르게 번져가고 있었다.

구급대원이 이동식 침대에 눕히기 직전에 우지가 살짝 눈을 떴다. 우지는 사람들 사이에 서 있는 나를 보더니 한쪽 눈을 찡긋했다. 말을 할 수 있다면, 내 연기 좋았지?라고 할 것 같았다.

우지는 곧 눈을 감았다. 구급대원이 차 문을 닫기 전 보호자 없느냐고 소리쳤다. 나는 가만히 서 있었다. 술집 주인이 우지와 동행인 걸 알아보고는 앞쪽으로 나를 밀었다.

구급대원이 동승하라고 소리쳤다. 예나 지금이나 나는 그런 식의 명령하는 소리를 들으면 겁을 먹었다. 나는 여길 정리하고 뒤따라가겠다고 변명하듯 말했다. 차는 머리에서 피를 흘리는 우지를 태우고 병원으로 출발했다.

다행히 우지의 동생을 알고 있었다. 만나보거나 연락을 주고받는 사이라는 건 아니고 그의 얼굴과 이름, 소속사를 안다는 뜻이었다. 나는 전화를 받은 소속사 사람에게 우지의 상태를 알렸다. 그 사람이 장난 전화인 줄 알고 상대하지 않으려고 해서 나는 여러 번 유명 배우의 형이자 매니저가 죽을지도 모른다고 말해야 했다. 전화를 받은 사람이 눈치 없이 계속 되물어서 나는 기어이 우지가 죽었다고 말하며 엉엉 울었다.

그게 내가 한 일의 전부였다. 나는 도망쳤다. 병원으로 가지 않았다. 우지의 보호자가 되어 신원을 밝히면 우리를 찾으려 혈안이 된 채권자들에게 발각될 거라는 근거 없는 두려움에 사로잡혔다. 친구는 나와 우지를 페이퍼 컴퍼니 임원으로 등록했고 친구가 사라지자 책임의 일부가 우리에게 있을지 모른다는 생각이 들었다. 우지와 나는 투자를 위해 엄청난 공을 들이고 많은 사람을 설득해 끌어들였다. 그 사람들은 전부 우리에게 등을 돌렸다.

무엇보다 얼마 전 구치소에 다녀온 게 생각났다. 보유 재산을 공개하라는 명령을 불이행했다면서 부모님 집으로 갑자기 경찰이 들이닥쳤다. 그제야 몇 개월 전 법원에서 받은 우편물이 떠올랐다. 대부업체가 법원에 낸 재산명시 신청이 받아들여졌으니 재판에 출석해 재산 목록을 공개하라고 했다. 그렇게 하지 않으면 감치될 수 있다고 경고했는데 나는 비웃고 말았다. 재산이라고는 입고 있는 옷뿐이어서 빼앗겨도 아까울 리 없으니까. 그길로 연행되어 구치소에서 열흘 정도 보냈다. 거길 다녀오고 나니 뭐든 쉽게 겁에 질렸다.

나 대신 돈도 있고 명성도 있고 친구도 있는 동생이 우지가 있는 병원으로 갈 것이다. 당연히 우지는 적절한 응급조치를 받고 어머니의 극진한 보살핌으로 곧 건강을 회복할 것이다.

하지만 시간이 지날수록 우지가 끝내 회복하지 못했을지도 모른다는 생각이 들었다. 아니면 상태가 나빠진 채로 깨어나거나 의식 없이 신체 기능이 유지되거나. 우지가 눈을 뜬 적 없다는 생각도 들었다. 방석처럼 넓게 피를 베고 누운 우지가 눈을 뜨고 장난스레 윙크를 했다는 것은 아무리 생각해도 석연치 않았다. 달아나고 싶어서, 우지가 괜찮아야 마음이 편해지니까, 내가 상상한 모습 같았다.

가끔 텔레비전에서 동생인 배우를 볼 때마다 우지가 떠올랐다. 텔레비전 보는 일을 관두었다. 그래도 우지가 생각났다. 이미 우지가 죽었다는 생각이 들었다. 술을 마시려고 하면 우지의 뒤통수에 흥건히 고여 있던 피가, 바닥을 물들이던 검붉은 피가, 그걸 보지 못하고 낄낄거리던 내가 떠올랐다. 잡힐까 봐 뒤로 물러서던 내가, 사람들 눈을 피해 병원에 갈 택시를 잡는 척 길가로 나와 영리하게 굴던 내가 떠올랐다. 술맛이 떨어졌다. 술을 마시지 않게 되었다.

우지 역시 그런 것 같았다. 다른 이유겠지만 술을 마시지 않게 된 것이다. 적어도 87일 동안. 내가 아는 한 우지가 술을 마신 이래 87일간 술을 마시지 않은 적은 기필코 한 번도 없었다. 좋은 얘기였지만 꼭 그렇지만도 않았다. 그렇게 쓰러지고도 계속 술을 마셔대다가 겨우 87일 마시지 않았다는 얘기일 수도 있었다. 87일을 제외한 나머지 날을 어떻게 지냈는지 알 만했다. 술 대신 뭔가를 계속 먹어야 하고 여전히 손가락이 불안하게 떨린다면 인생에 몰두할 수 없는 법이다.

술을 그렇게 마셨지만 우지에게는 고생한 흔적이 보이

지 않았다. 의존증 환자들은 대개 영양실조를 겪는다던데 그런 기미도 없었다. 살이 많이 쪄서 그렇게 보이는지도 몰랐다. 돈 많은 형제가 우지를 도왔을 것이다.

우지의 동생은 아역으로 시작해 경력을 쌓아온 배우였다. 전성기가 지났다는 게 중론이었지만 안정적인 필모그래피 덕에 여전히 높은 순위로 캐스팅되었다. 스캔들이나 정치적 잡음 없이 이미지 관리를 잘해왔고 관객 천만이 넘는 영화의 주연을 두 번이나 해서 천만배우라고 불리기도 했다.

우지가 멀쩡한 걸 보니 4년 전 내가 소속사에 남긴 메시지가 잘 전달된 모양이었다. 당연한 일인지도 몰랐다. 우지는 그 회사 소속 배우의 매니저이고 한때는 배우이기도 했으니까.

초등학생 시절, 학교 합창단원으로 어린이 방송에 출연한 우지는 화장실을 다녀오다 길을 잃었다. 지나가던 드라마국 피디가 길을 찾아줬는데, 그는 우지가 꽤 귀염성 있는 얼굴임을 알아봤다. 우지는 일일 드라마에 비중 적은 아역으로 캐스팅되었다. 주로 엄마의 손을 잡고 시장에 다녀오거나, 엄마 무릎에 앉아 있다가 어른들이 얘기를 시작하며 "그만 방에 들어가서 놀아" 하고 엉덩이를 밀어주면 얌전히 장난감을 챙겨 방으로 들어가는 역할이었다. 이후 비슷한 배역에 꾸준히 캐스팅되다가 주연 배우의 어린 시절을 연기하기도 했다. 대단한 주목을 받지는 못했지만 출연작이 많았다.

변성기가 오면서 상황이 달라졌다. 목소리에 쇳소리가 섞이기 시작했다. 오래 듣기 힘든 목소리가 되었다. 키가 많이 자랐고 앞머리를 가지런히 잘라도 더 이상 귀엽지 않았다. 오히려 바보처럼 보였고 주연 배우의 어린 시절이나 아들 역할을 할 만큼 잘생기거나 연기를 잘하지 못했다.

우지 엄마가 그 상황을 가장 먼저 알아차렸다. 일찌감치 남편과 사별하고 홀로 형제를 키워온 그녀는 우지를 데리고 촬영장을 드나들면서 안목이 생겼고 눈치가 늘었다. 우지를 캐스팅하는 전화에 그녀는 알겠다고 했지만, 촬영장에는 우지 동생을 데리고 갔다. 촬영 당일이므로 피디가 어쩔 수 없이 동생을 출연시킬 거라는 계산이 있었다. 형제가 유일한 밥벌이인 상황에서 돈만 번다면야 둘 중 누구라도 상관없었다.

동생을 데리고 촬영을 가는 날, 엄마는 우지를 불러 이제는 맏이답게 공부만 열심히 하라 일렀다. 영문을 모르는 우지에게 앞으로 드라마에 출연하는 건 동생이라고 못 박았다. 그날 저녁에는 난생처음 우지에게 책을 사다 주었다. 촬영을 다니면서 우지는 대본 외에는 활자를 읽어본 적이 없었다. 그녀는 여러모로 서툴렀다. 우지의 박탈감이나 패배감 같은 걸 배려하느니 모른 척하는 게 낫다고 생각했다. 우지가 동생을 질투하는 기색을 보이면 이제는 동생이 가장이라고 윽박질렀다.

"너 가장이 무슨 뜻인지 알아?"

가장이란 건드려서는 안 되는 사람임을 알아차릴 수 있을 만큼 매서운 말투였다.

"돈을 버는 사람이란 뜻이야. 우리 집에서 유일하게 말이야."

그녀는 우지가 가장 되고 싶은 게 가장이라는 걸 몰랐다. 우지는 공부도 하지 않고 책도 읽지 않고 기다렸다. 동생 역시 곧 변성기가 오면 가장의 자리를 빼앗길 것이다. 칭찬과 관심, 박수와 배려도 잃을 것이다. 우지의 바람은 다른 모든 것과 마찬가지로 잘 이뤄지지 않았다.

동생은 항우울제를 복용하며 자신에게 얹혀살 형을 원치 않았다. 뇌진탕 치료가 끝나자 우지를 알코올 의존증 치료 센터로 데리고 갔다. 의료진의 충고가 있었고 달리 방법이 없기도 했다. 우지는 병원에서 환각과 환청에 시달렸다. 밤에는 소리를 지르며 난동을 부렸지만 다음 날 아침이 되면 하나도 기억하지 못했다.

센터에서는 좀 나아졌다. 약물 치료를 받자 망상이 사라졌다. 좋은 신호가 아니었다. 그럴수록 음주 욕구가 강해졌기 때문이다. 기분이 좋아지기 위해서는 아니고 술을 마취제 삼아 버텨내고 싶었다. 악을 쓰고 난동을 부렸다. 나쁜 결과만 생겼다. 술을 마시려면 센터를 나가는 수밖에 없어서 우지는 차츰 고분고분해졌다.

처음에는 센터에서 나오는 즉시 정신을 잃을 때까지 마셨다. 다음에는 일주일쯤 버텼다. 센터 치료가 고됐다. 사지를 옴짝달싹할 수 없는 구속복을 입은 채 며칠 보내기도 했다. 두 번 다시 경험하고 싶지 않았다. 그러나 술을 마시지 않는 상태가 점차 구속복을 입은 듯 느껴지는 순간이 왔다. 일주일을 참았으니 절제할 수 있으리라는 자신감도 생겼다. 소용없었다. 한 모금만 마셔도 우지는 기분 좋게 술기운에 빠져들었다.

그런 일이 반복되었다. 금주 기간이 조금씩 늘거나 줄었지만 일단 마시면 똑같아졌다. 술은 언제나 모든 걸 지웠다. 인생을 다시 시작하는 기분이 들게 했다. 계속 술을 먹고 있어서 드는 생각이었다.

만약 동생에게 스캔들이 터지지 않았다면, 우지의 알코올 중독 사실이 대중에게 알려지지는 않았을 것이다. 스캔들은 시기가 나빴다. 상대는 이미 8개월 전에 헤어진 연인이었다. 게다가 주연으로 출연한 로맨스 영화의 개봉을 앞두고 있었다. 상대 역시 배우였다. 우지의 동생은 열애설 언급을 피하고 대중의 관심을 무마할 작정으로 인터뷰에서 불행한 가족사를 고백했다. 유복자에서 기인하여 일찌감치 한 집안의 가장이 되어 한때 아역 배우였으나 지금은 알코올 중독자인 형을 돌본다는 내용이었다. 인터뷰 후 우지의 아역 배우 시절 사진이 퍼졌다.

한 단체에서 강연을 요청하는 바람에 우지는 자신이 중독과 관련해 유명 인사가 되었다는 사실을 알게 되었다. 알코올 의존증 환자의 자활을 돕는 단체였는데, 우지의 실패담과 치료 경험을 같은 고통을 겪는 환자들에게 얘기해달라고 했다. 담당자는 동생의 이름을 말하며 협조를 받으려 했지만 우지는 발끈해서 욕을 퍼부었다. 화가 났다기보다 자동 반응에 가까웠다. 담당자가 당황한 듯 더듬거렸는데 우지는 변덕을 부려 크게 웃고는 수락했다. 술을 마시고 있어서였다.

며칠 후 술이 조금 깨고 나서 우지는 담당자의 문자를

확인했는데 번복하지 않았다. 기회를 잡은 기분이었다. 동생이 얼마나 변변찮은 인간인지, 정서적으로 자신을 어떻게 학대하는지 떠벌리고 싶어 안달이 날 지경이었다.

아무런 준비 없이 우지는 약속 장소에 나갔다. 시간을 맞추지 못했고 차림을 단정하게 하지도 못했다. 다행히 사람이 많지 않았고 모두 우지와 비슷하게 꾀죄죄하거나 초췌한 몰골이라는 게 안정감을 줬다. 단상에 설 필요도 없었다. 자리를 둥글게 배열하고 그중 한 자리에 앉았다. 센터에서는 치료 과정 중 둥글게 모여 앉아 뭔가를 얘기할 기회가 많았는데, 그런 기분이었다. 자기 얘기가 아니라 동생 얘기를 주로 한다는 점이 달랐지만.

동생이 배우가 된 건 모두 우지 덕이었다. 우지가 먼저 아역으로 활동하지 않았다면 동생에게는 아예 기회가 없었을 것이다. 동생이 배우의 삶을 시작할 무렵 우지의 경력은 끝장났다. 우지는 그 인과를 무척 의식했는데, 동생은 아무렇지 않게 생각했다. 한마디로 은혜를 몰랐다.

얼마 후 다른 단체에서 전화가 왔다. 우지는 어이없어하며 동생 얘기 말고는 할 게 없다고 말했다. 전화를 건 사람은 그 얘기를 해주면 된다고 했다. 놀리는 거라 생각해 화내려는데 전화 건 사람이 말을 이었다.

"사람들은 뭔가 이룰 때보다 잃을 때가 많잖아요. 성공할 때보다 실패할 때가 많고요. 아무리 애써도 잘 안되죠. 자기 탓인 경우도 있지만 명백히 남 탓인 경우도 있고요. 그런데 누가 그런 얘기를 해주나요. 죄다 자기 탓만 하고, 어떻게 곤란을 이겨냈는지, 어려움을 극복했는지 뻔한 얘기만 하죠. 무조건 참고 이겨내고 버티고 노력하라고 하잖아요."

"그래서 무슨 얘기를 하라는 거요?"

"실패한 얘기요. 노력했지만 잘 안되고 결국 참지 못해 술을 마신 얘기요."

"그런 얘기가 무슨 도움이 되나요?"

"도움이 안 되죠. 그래도 교훈은 줍니다."

무슨 교훈인지 묻지 않아도 알 것 같아서 우지는 "내 꼴을 동네방네 떠벌리라는 겁니까?" 하고 화냈다. 전화 건 사람은 호탕하게 웃으며 그렇게 되면 좋은 일 아니냐고 반문했다. 우지는 돈을 얼마나 줄 거냐고 물었다. 동생이 모든 지원을 끊었기 때문에 한 푼이라도 벌어야 술을 마실 수 있었다.

두번째 강연도 처음과 마찬가지로 횡설수설했지만, 몇 사람이 우지에게 와서 자신의 얘기인 줄 알았다고 말해주었다. 힘내라고 응원하기도 했다. 우지는 그런 말에 화를 내는 타입이었다. 다행히 우지가 소리를 높이기 전에 주최 측에서 그들이 더 이상 접근하지 못하도록 막았다.

이후로 계속 강연 요청이 왔다. 그럭저럭 벌이가 되는 정도였다가 최근에는 매니지먼트를 받아야 할 정도로 많아졌다. 술에 취한 채로 단상에 오르기도 했다. 아예 펑크를 낸 적도 있었다. 우지의 전력이 잘 알려졌고 실패에 대한 강연이어서 사람들은 비교적 수월히 양해했다.

그러는 동안에도 우지는 센터를 휴양지처럼 드나들었다. 센터에서 가장 힘든 건 술을 참아야 하는 것이지만, 가장 참혹한 건 가족 상담 시간이었다. 가족을 모두 불러놓고 왜 술을 마시게 되었는지, 왜 계속 마셔대는지 털어놓는 시간.

엄마는 옷을 차려입고 왔다. 알이 굵고 빛나는 진주목걸이도 했다. 동생이 오지 않자 엄마는 울음을 터뜨렸다. 엄마는 아마 우지를 주인공으로 하는 프로그램을 촬영하고 있다고 생각한 것 같았다. 평소답지 않은 옷차림이나 화장이 번지지 않도록 조심해서 우는 모습이 그랬다. 우는 엄마의 모습을 자주 보아서인지 조금도 뭉클하지 않았다. 우지는 동생을 데리고 촬영장에 가던 엄마를 똑똑히 기억했다. 이제 연기 대신 공부나 열심히 하라고 한 말과 돈을 버는 사람이 가장이라면 다른 사람은 군식구라고 한 말도 잊지 않았다. 그러나 우지는 엄마에게 아무 말도 하지 않았다. 가족에 대해서라면 할 말이 많았지만 이미 충분히 가족을 써먹었다.

강연을 마칠 때 우지는 이렇게 말했다.

"나처럼 되지 않으려면 바로 시작하세요. 운동이나 종교, 노동과 우정, 아무거라도 좋습니다."

그 말을 우지는 내게도 했다. 그렇다면 나는 종교를 고르겠다는 듯이 두 손을 모아 기도하는 시늉을 했다. 그건 방에서 나가지 않아도 할 수 있는 일이니까.

"같이 일해보자는 뜻이야."

우지의 말에 나는 고개를 끄덕였다.

"네가 내 매니저가 되는 거야. 왜냐하면……"

우지가 나를 빤히 보았다.

"넌 말랐잖아. 게다가 술도 끊었고……"

난 말랐고 술도 끊었지. 속으로 우지의 말을 따라했다.

우지가 손을 내밀었다. 나는 우지의 손을 마주 잡았다. 땀이 많지만 따뜻하고 큰 손이었다. 말하자면 아무 일도 없었던 때를 떠올리게 하는 손. 우지가 웃었다. 오래전 술집 바닥에 아무렇게나 누워서 웃던 때처럼. 옆방에서 항의하듯 벽을 쳤다. 우지가 "미안합니다" 하고 소리쳤다. 옆방이 잠잠해졌다.

"미안하다는 말은 언제나 쓸모가 있다니까. 나랑 센터에서 친하게 지낸 사람이 있었는데, 그 친구는 딱 두 마디만 했어. 안녕하세요 하고 미안합니다."

"미안합니다."

내가 말했다. 우지가 내 목소리를 듣고는 반갑다는 듯 쳐다보다가 말을 이었다.

"내 말을 잘 들어줬어. 안녕하세요, 미안합니다,라고 대꾸해가면서. 술이라고는 한 번도 취해본 적 없을 것 같은 친구였어. 점잖고 예의 바르고 겸손했지."

우지가 친구를 떠올리듯 잠시 말을 멈췄다.

"그 친구는 술을 끊었어. 영영 끊었지."

나는 우지를 쳐다봤다. 센터에 가본 적 없어도 일단 마시기 시작하면 끊기 어렵다는 정도는 알고 있었다.

"죽었어."

우지가 껌을 소리 나게 씹으며 어깨를 으쓱했다. 그런 일을 자주 겪었다는 듯.

"미안합니다."

내가 말하자 우지는 전화기를 꺼내 번호를 입력하라며 내밀었다. 나는 잠자코 다시 미안하다고 해야 하나 생각했다. 우지는 내게 전화가 없는 걸 알아차렸는지 제 번호를 종이에 적어 책상에 올려놓았다.

"그 친구 마지막 통화 기록이 나였대. 그게 한 달도 넘었는데…… 다 똑같은 얘기지. 방에서 냄새가 심하게 나길래 집주인이 문을 열었고, 놀라서 빽 소리를 지르고 경찰에 신고하고 경찰이 통화 기록을 조회해서 내게 전화하고……"

우지는 계속 얘기했다. 신원 확인이 불가능할 정도로 훼손된 시신과 연락이 닿지 않는 가족, 방이 엉망이 됐다고 난리 치는 집주인, 할 수 없이 우지가 들여다보게 된 친구의 방에 대해서. 방에는 모든 것이 그대로 남아 있었다. 냄새도 그대로여서 친구의 시신이 여태 남아 있는 듯한 착각이 들었다. 우지는 잘 처신하지 못했다. 방세와 청소 비용을 물며 이 지경이 되도록 들여다보지 않은 집주인에게 화를 냈고, 밀쳤고, 경찰에 불려 갔다.

"기억이 안 나. 한 달 전에 우리가 무슨 얘기를 했는지."

"미안합니다."

내가 말했다. 어미를 길게 끄니 유행어를 말하는 기분이었다.

우지는 잠자코 입맛을 다시더니 가방에서 우유 함유량이 높은 초콜릿 한 조각을 꺼내 먹었다. 우지는 입을 가만히 두는 법이 없었다. 말을 하거나 무엇을 먹거나 무엇을 마시거나 먹으며 말했다.

"그게 87일 전에 있었던 일이야."

우지는 침을 크게 삼켰고 입술을 핥았다. 맛을 음미하는 게 아니라 뭔가 더 먹고 싶다는 신호처럼 보였다. 사탕이나 초콜릿, 껌 같은 게 아닌 무엇인가를. 술은 아닌 것 같았다. 적어도 우지가 입을 다시고 술을 마신 적은 없었다. 그는 술을 마실 때면 그저 물을 마시듯 침착했다.

시계를 보더니 우지가 방을 둘러보았다. 이제야 방을 구경하려는 건가 싶었는데, 먹을 게 있느냐고 물었다. 라면을 구할 수 있을 것이다. 공동 부엌에는 늘 그런 게 있었다. 물론 허락받지 않고 남의 것을 먹을 수는 없었다. 그게 이곳의 규칙이었다. 미안하다고 대답하기 전에 우지가 물었다.

"초밥은 어때?"

여기서 그런 걸 먹어본 적 없고 무엇보다 라면 하나 없는 처지였지만 나는 "내가 사 올게" 하고 말했다. 우지가 대꾸하지 않고 스마트폰으로 뭔가를 검색하더니 전화를 걸어 초밥을 주문했다. 그 때문에 나는 우지가 좀더 머물 작정임을 알았다.

이 방에 들어온 사람은 총무를 빼면 우지가 처음이었다. 오래 방에 틀어박혀 있으면 총무가 용건도 없이 문을 두드렸다. 나는 귀찮은 오해를 사지 않으려고 매번 적당히 대꾸하거나 문을 두드려줬다. 의자에 앉거나 침대에 누워서도 충분히 할 수 있는 일이었다. 나쁜 일이 닥쳐도 우지의 친구처럼 냄새를 풍기고 나서야 발견되는 일은 없으리라는 뜻이었다.

우지가 내게 잠은 얼마나 자고 낮에는 주로 뭘 하며 지내느냐는 시시콜콜한 질문을 계속 던졌다. 딱히 대답할 말이 없어서 초밥이 빨리 도착하기만 바라고 있는데 오래지 않아 전화가 울렸다. 우지가 전화를 받더니 곧 내려가겠다고 말하고는 벌떡 일어서서 문을 어떻게 여느냐고 물었다. 자동 잠금 장치였고 간단한 구조였다. 버튼을 누르고 문고리를 돌리면 열리고, 문을 닫으면 저절로 잠겼다.

"기다려, 열어줄게."

내가 말했다. 우지는 기다렸다. 문가에 서 있었는데 덩치가 컸다. 문을 가릴 정도로 컸다. 뒷모습을 보면 완전히 다른 사람 같았다. 나는 그간 우지 몸에 덕지덕지 달라붙은 살을 쳐다봤다. 우지가 고개를 돌려 여전히 의자에 앉아 있는 나를 보았다. 나는 고개를 숙였다. 우지의 표정이 볼만했다. 우지는 알아차린 것 같았다. 내가 앉거나 누워서만 지내느라 생각과 달리 몸을 움직이는 데 시간이 걸린다는 걸 말이다. 어쩌면 짐작하고 있어서 찾아왔는지도 몰랐다.

우지가 문을 열고 쿵쾅거리며 복도를 걸어가고 총무에게 다시 올 거라 말하고 계단을 걸어 내려가는 소리가 들렸다. 얼마 후 그 모든 소리가 역순으로 들려왔다. 우지는 바스락거리는 소리와 함께 계단을 오르고 총무에게 알은체하고 무거운 덩치로 좁은 복도를 걸어왔다.

아까와 마찬가지로 우지는 문을 두드리고 내 이름을 불렀다. 나는 열어줄 작정이었지만 의자에서 몸을 일으키지 못했다. 당연히 나는 문을 열고 우지를 들어오게 하고 컵에 찬물을 내주고 어디든 앉으라고 권하는 일련의 행동을 하고 싶었다. 하지만 꼼짝할 수 없었다.

부모님 집을 나온 후 아무도 나를 찾지 않았다. 방과 창문 크기를 조금씩 줄여가며 전전하다 수개월 전부터 창 없는 이곳에 머물렀다. 방을 유지하기 위해 간혹 총무와 말을 섞는 게 대화의 전부였다. 지금이야 내내 틀어박혀 있지만 처음에는 어두워진 후에 헐렁한 옷을 입고 충동적으로 밖에 나가보기도 했다. 목줄 없는 커다란 개들만 내게 가까이 왔다.

이번에는 우지가 아까 이곳에 왔을 때와 같은 소란, 계속 문을 두드리고 내 이름을 부르고 옆방에서 시끄럽다고 벽을 쳐 항의하고 누군가 복도에 나와 조용히 하라고 소리 지르고 할 수 없이 관리인을 겸한 총무가 와서 마스터키로 문을 열어주는 일 같은 건 없었다. 모두들 잠자코 내가 언제 문을 열어주는지 지켜보는 것 같았다. 내가 또 가만히 있자 이번에는 총무가 군말 없이 마스터키로 문을 열어주었다.

우지는 커다란 봉지에서 이제껏 본 적 없는 크기의 초밥 도시락을 꺼냈다. 도시락은 밥상만큼 컸다. 여럿이 둘러앉아 한담을 나누며 먹을 만한 크기였다. 우지는 땀을 뻘뻘 흘리며 제법 익숙하게 침대에 걸터앉더니 무릎에 도시락을 올려놓았다.

"이 중에 뭘 먹을 거야?"

우지가 초밥 두 개를 한꺼번에 입에 넣고 말했다. 우지는 연신 초밥을 씹으며 한 손으로 땀을 닦았다. 저렇게 먹어대면 입술이 트는 게 뭔지 모를 것이다. 나는 마른 입술을 뜯었다. 그러고 보니 우지에게 어떻게 나를 찾아냈는지 묻지 않았다는 생각이 들었다. 아까는 그게 별로 궁금하지 않았다. 살이 찌긴 했지만 우지가 여전히 살아 있다는 것에 놀라서 미처 묻지 못했다.

"센터에 있을 때 가장 먹고 싶은 게 뭐였는 줄 알아?"

"……"

"소주."

"……"

"그다음이 진."

"……"

"그리고 술국."

"……"

"그럼 초밥은 왜 먹냐고?"

"……"

"밥이랑 반찬을 한꺼번에 먹을 수 있잖아."

말은 그렇게 해도 우지는 예전에도 초밥을 자주 먹었다. 물론 이렇게 많이 먹지는 않았다.

"밥은 적당히 고슬고슬하고 회는 차가워서 어떤 술과도 잘 어울려."

입에 초밥을 가득 넣고 우물거려서 정확하지 않았지만 대충 그런 말이었다.

"네가 한 말이야."

우지가 내게 초밥을 내밀며 말했다. 나는 무심결에 손을 뻗어 우지가 내민 것을 받았다. 연어초밥이었다. 생전 처음 초밥을 보는 사람처럼 그것을 물끄러미 쳐다봤다.

"그거 싫으면 다른 걸로 줄까?"

우지가 물었다.

"오도로는 없어?"

우지가 코웃음을 쳤다.

"난 좋은 걸 먼저 해치우는 타입이야."

덕분에 미안해하지 않고 초밥을 돌려줄 수 있었다. 우지는 두 번 다시 권하지 않았다. 처음에는 빨리, 나중에는 양이 주는 걸 의식한 듯 천천히 먹었는데 그렇게 늦게 먹어도 양이 더 늘지 않는다는 걸 깨닫고는 다시 빨리 먹는 쪽을 택했다. 우지가 트림을 크게 하고 나서 장국을 휘젓더니 한 번에 다 마셨고, 염교와 생강절임도 천천히 씹어 먹었다.

우지는 나를 찾으려고 부모님 댁에 들렀을 것이다. 내가 가려움을 견디지 못하고 시시때때로 옷을 벗어 젖히던, 그래서 변태가 산다고 소문난 집 말이다. 내게 당했다고 믿는 자녀를 둔 부모 중 누군가 우리 집 베란다 창에 돌을 던졌다. 아파트 현관에 붉은색 스프레이로 크게 X자를 그려놓았다. 현관 앞에 쓰레기를 버리고 경고장을 붙이고 우편함에 욕설 적은 편지를 넣어뒀다. 아파트를 담보로 은행에서 매달 소액의 생활비를 받고 있기 때문에 부모님은 이사 갈 수 없었다. 누군가 돌을 던지고 함부로 낙서를 하고 쓰레기를 버려두는 집을 파먹으며 계속 살아가야 했다. 나는 야밤을 틈타 집에서 나왔고, 다시는 돌아가지 않았다. 미쳤다고 소문난 아들보다 죽었다 여기는 아들이 더 나았다.

초밥을 다 먹고도 우지는 배고픈 표정이었다. 끊임없이 먹는 게 술을 먹는 것보다 낫다면 뭐든 먹어야 했다. 하지만 술을 마시지 않으려고 뭔가를 끊임없이 먹어야 하는 생활을 생각하자, 손이 떨리는 걸 감추려고 계속 피아노 치는 흉내를 낸다고 생각하자, 나는 갑자기 몸이 가려워졌다. 후드 티 안으로 손을 넣어 긁었다. 아직도 몇 마리의 개미가 부지런히 피부 표면을 옮겨 다녔다. 몸을 긁는 게 나은지 계속 술을 먹는 게 나은지 겨누어보다 우지 뒤통수에서 흐르던 붉은 피를 떠올렸다. 머리에서 그 정도로 많은 피를 흘리고 멀쩡히 살아남는 사람은 없었다. 사실 우지는 피를 흘리지 않았다. 쓰러진 충격이 상당한 와중에도 내게 한쪽 눈을 찡긋해주기는 했다. 나를 마음 편히 보내주려는 윙크. 우지는 잘 알고 있었다. 가진 게 없는 사람들끼리 어떻게 헤어져야 하는지.

"다행이야, 87일밖에 안 걸려서."

우지가 빈 도시락 뚜껑을 닫으며 말했다.

"안녕하세요."

내 말에 우지가 활짝 웃고는 가방에서 생수병을 꺼냈다. 그리고 침착한 표정으로 그것을 천천히 마셨다. 그제야 나는 우지가 말한 날짜가 금주 일이 아니라 나를 찾아다닌 기간임을 알아차렸다. 죽은 지 한 달 만에 냄새를 풍기며 발견된 친구 때문에 우지는 오랫동안 만나지 못한 나를 떠올리고 찾아준 것이다.

나는 긁기를 멈추고 우지가 병에 든 것을 끝까지 다 마시는 걸 지켜보았다.

식
물
애
호

오기가 눈을 떴다. 어렴풋이 흰옷이 보였다. 오기 씨, 오기 씨. 그의 이름을 부르는 소리가 들렸다. 부드럽고 상냥한 목소리였다. 의식을 잃어 수술을 받은 지 8일 만이었다.

교통사고였다. 충돌하는 순간 누군가에게 심하게 얻어맞는 느낌이 들었다. 나무 둔기가 아니라 정이나 장도리같이 날카로운 쇠붙이로. 두 다리와 갈비뼈, 쇄골이 부러졌다. 얼굴이 찢어지고 치아가 부러졌다. 한마디로 오기의 몸은 너덜너덜해졌다. 그는 부서진 턱으로 말하려고 애썼다.

"아내는요?"

간호사는 아무 대답도 하지 않았다. 오기의 말이 입 밖으로 나오지 않았으니까. 오기의 턱은 바람에 나부끼는 깃발처럼 불안정하게 흔들렸다. 간호사는 그의 말을 이해하려고 뚫어지게 쳐다보았으나 알아듣지 못했다. 오기는 입을 다물었다. 눈에서 눈물이 흘렀다. 사고 당시에는 피가 흐르던 눈이었다. 오래전에는 아내를 보며 얇은 종이처럼 슬며시 주름을 잡아 웃던 눈이었다. 간호사는 난감해하다 의사를 부르러 나가버렸다.

오기는 링거로 목숨을 부지했다. 시간이 지나 호흡기는 뗄 수 있었지만 여전히 유동식에 의존했다. 얼마 후 재활 치료를 시작했다. 감각이 돌아오려면 시간이 많이 걸릴 거라고 했다. 열심히 치료를 받았다. 발을 놀리는 것은 꿈도 못 꿨다. 물리치료사가 도왔고, 두 팔로 평행봉을 잡았다. 몸을 지탱하고 잠시 버텼다. 감각 없는 두 다리가 봉제 인형의 것처럼 흔들렸다.

얼굴은 완전히 망가졌다. 기계로 굽다가 터진 풀빵 같았다. 아내라면 그렇게 말했을 것이다. 깔깔거리고 웃으면서. 하지만 누구도 오기의 얼굴을 가지고 농담하지 않았다. 종종 병원 복도에서 마주치는 아이들은 오기를 빤히 쳐다보았다. 이해나 배려 없이 순전히 두려움에 가득 찬 눈빛으로. 무섭다면서 엄마 뒤에 숨는 아이도 있었다. 부모나 보호자가 애써 아이들의 시선을 돌리게 했다. 쳐다보는 거 아니야. 조그만 목소리로 아이들에게 주의를 줬다.

거의 여섯 달 동안 집에 가지 못했다. 타운하우스에 위치한 오기의 집에는 한 달에 한 번은 깎아줘야 할 만큼 잔디가 잘 자라는 정원이 있었다. 오기는 병원에서 자주 꿈을 꿨는데, 꿈에서 관목이 무너진 집을 뒤덮고 있었다. 엄청나게 자란 잡초와 가시덤불이 벽을 타고 올라갔다. 아내가 돌보는 정원에서는 있을 수 없는 일이었다. 아내는 정원 일을 즐겼다. 커튼은 사시사철 같은 걸 걸어도 누구나 지나다니면서 볼 수 있는 정원은 잘 정돈해두었다. 정원은 넓지 않았지만 계절마다 마리골드나 장미, 수선화, 라벤더 따위로 색을 내 아기자기했고 특히 여름철에 예뻤다. 손이 많이 간 정원이란 걸 누구나 알아봤다.

교통사고는 오기가 제한 속도를 넘어서면서 일어났다. 국도에서 과속은 다반사였으므로 오직 그것 때문이라고 할 수는 없었다. 오기는 본래 참을성 있는 운전자였다. 차들이 앞질러도 개의치 않고 거대한 트레일러나 트럭이라면 잠자코 차선을 양보했다.

경찰과 보험회사는 블랙박스 영상을 참고했다. 오기의 차에는 '다보여'라는 이름의 블랙박스가 장착되어 있었다. 블랙박스 이름을 가지고 아내와 농담을 나눈 적도 있었다. 덜 보여, 안 보여, 좀 보여, 너 보여, 나 보여…… 아내는

'나 보여'가 마음에 든다고 말했지만 사고가 난 날은 아무 농담도 하지 않았다. 경찰과 보험회사는 사고에 있어 오기의 잘못이 크다고 판단했다.

오기의 차는 과속으로 달리다가 어느 지점에서, 마치 급발진 사고라도 난 것처럼 갑자기 속도를 높여 튀어 나갔고 앞차를 의식하고 급하게 핸들을 꺾었지만 늦었다. 오기가 나무 둔기가 아니라 장도리 같은 것으로 얻어맞았다고 생각한 것은 어느 면에서는 타당했다. 그는 차내에서 심하게 부딪혔다. 에어백이 터지고 거기에서 나는 희미한 약품 냄새를 맡았다. 그걸 깨닫는 순간 얼굴이 뜨거워지고 몸 여기저기가 흔들리며 차와 함께 언덕을 굴렀다.

죽을 거라고 생각했다. 무거운 절망감과 동시에 편안한 느낌이 그를 감쌌다. 왜 벌써 끝나버렸지 하는 생각이 들었다. 끝나서 다행이라는 안도감도 없지 않았다. 오기는 곧 몸이 위로 떠올라 에어백에 얼굴을 처박고 피를 흘리며 엎어져 있는 자신을 내려다보게 되리라고 생각했다. 차에서 튕겨 나가 언덕배기 아래로 굴러버린 아내를 찾을 수도 있을 것 같았다. 그러나 그는 철근처럼 꿈쩍도 하지 않았다. 고통스러운 무게감 때문에 살아 있다는 게 실감 났다. 오기는 자신이 기이하고 끔찍한 걸 경험했음을 깨달았다.

틀림없이 아내는 그런 자신을 내려다보고 있었으리라.

오기의 생각과 달리 정원은 그다지 황폐해지지 않았다. 장모가 슬픔 속에서 그럭저럭 그 일을 했다. 그녀는 집 안도 치웠다. 아내의 짐 말이다. 버린 것은 아니고 일부를 자기 집으로 옮겼다.

어떤 것은 손대지 않고 그대로 두었다. 결혼식 때 주고받은 보석이나 이후 틈틈이 건넨 목걸이 같은 것들. 그건 돈이나 마찬가지라고 장모가 말했다. 깔끔한 성격이었다. 특히 금전과 관련해 괜한 오해를 받고 싶어 하지 않았다. 병원 사람들이 모두 돌아가자 장모가 그것을 보여주었다. 아내의 귀금속 중 어느 것이 자신이 선물한 것이고 어느 것이 다른 사람에게 받은 것인지 구별할 수 없었다.

장모는 뭔가 하고 싶은 말이 있는 것 같았다. 좀처럼 보석이 담긴 상자를 치우지 않았다. 오기가 덜덜 떨리는 턱으로 왜 그러느냐고 묻자 장모가 겸연쩍은 듯 말했다.

"이거 말일세."

푸른색 알이 박힌 반지였다. 커다란 것은 아니고 새끼손톱보다 작았다.

"이거 하나만 내가 가지고 있어도 되겠나. 걔가 맨날 이것만 끼고 있었어."

사고 나던 날 아내가 끼고 있던 반지라고 덧붙였다. 오기는 처음 보는 반지였다.

늦은 밤이 되어서야 오기는 제 방에 홀로 남았다. 인사를 건네듯 눈으로 방 구석구석을 둘러보았다. 익숙한 침대에 눕기까지 얼마나 많은 시간이 걸렸던가. 병원에 오래 있었다는 얘기가 아니었다. 장모는 간이침대에 실려 집 안으로 들어선 오기의 손을 잡고 울었다. 처음에는 지친 듯 부드럽게 흐느끼다가 나중에는 어린아이처럼 큰 소리로 울었다. 오기가 이만큼이나 회복된 것이 다행이어서 우는 게 아니었다. 오기가 이렇게나 망가진 것 때문에 우는 것도 아니었다. 죽은 딸 때문이었다.

함께 앰뷸런스를 타고 병원에서 온 사람들은 오기가 누운 침대를 붙잡고 서 있었다. 장모는 오래 울었다. 간이침대가 들어설 길을 막아선 채. 마치 오기가 집에 들어오지 못하게 방해하는 것처럼 보였다. 장모가 자신을 걱정한다는 것을 오기는 알았다. 그녀가 자신을 비난한다는 것도 알았다. 그녀의 유일한 자식이 죽은 것은 오기의 잘못이었다.

결혼 전 아내의 부모는 오기에게 엄격하게 굴었다. 오기가 스무 살에 부모를 여의었다는 사실 때문이었다. 장모는 고아와 결혼한다는 것을 두고 여러 차례 아내를 나무랐다. 오기를 볼 때마다 못마땅한 기색을 숨기지 않았다. 오기는 결혼 무렵 장모가 한 말을 아직도 기억했다. 아내는 신경 쓰지 말라고 했지만 오기는 그러지 못했다. 장모는 오기에게 부모가 없는 것에 괜히 자격지심을 갖지 말라고 일렀다. 위로하는 말이 아니었다. 신혼집 문제로 고집부리는 걸 힐난하는 말이었다. 결혼한 후에는 괜찮았다. 간혹은 오기에게 부모가 없어 다행이라고 할 때도 있었다.

낯선 여자가 우는 장모를 말리고 간이침대가 지나갈 수 있게 했다. 간병인이었다. 간병인은 현관 옆 작은방에 머물 것이다. 면접을 보고 급여를 조정하고 거처를 정리하여 작은 침대와 간단한 옷장을 마련해준 사람은 모두 장모였다. 오기 주위에 그런 일을 해줄 사람은 그녀밖에 없었다. 장모는 말하자면 오기에게 남은 유일한 가족이었다.

장모는 며칠 후 다시 왔다. 이번에는 울며 들어서지 않았다. 아무리 운다고 해도 얼굴이 풀빵처럼 불어터진 오기만 살아남았다는 걸, 딸은 돌아오지 않는다는 걸 깨달은 듯했다.

동행이 있었다. 목사였다. 목사는 오기의 손을 거리낌 없이 잡았다. 오기는 저항하지 못했다. 땀이 찬 목사의 두 손이 오기의 손을 감쌌다. 목사와 같이 온 신도 몇 명이 빙 둘러서서 그 광경을 지켜보았다. 목사가 기도를 시작하자 모두 눈을 감았다. 오기는 눈알을 굴렸다. 손을 놓으라고 말하고 싶었지만 치료 중인 턱이 조금 떨릴 뿐이었다. 목사는 즉흥적으로 기도했다. 외운 것이 아니었다. 그런데도 길고 자세하고 절절하게 들린다는 데에 오기는 놀랐다. 무엇보다 목사가 울면서 기도한다는 사실에 놀랐다. 오기가 한 번도 본 적 없는 목사였다. 아내가 고등학교 시절 부모와 함께 다닌 교회의 목사라고 했다. 그렇기는 해도 아내를 못 본 지 20년도 더 되었는데, 여전히 아내를 잘 아는 것처럼 기도하고 추모했다. 아내가 교회에 다니지 않던 시절을 간절히 회개했고 하느님의 품으로 돌아간 것을 애도하고 축복했다.

목사가 아내를 '어린양'이라 칭하고 하느님의 부르심을 받았다고 하자 장모가 울음을 터뜨렸다. 울음소리 때문에 이어지는 목사의 기도는 거의 들리지 않았으나 기도가 끝날 때 그녀는 울음을 그치고 여러 신도와 함께 큰 소리로 아멘 하고 말했다.

기도를 끝낸 목사는 병풍처럼 둘러선 신도들과 찬송가를 불렀고 짧게 성경을 봉독했다. 목사는 오기에게 계속해서 말을 걸며 주님이 언제나 함께할 것이라고 했다. 오기는 홀로 있고 싶었다. 누군가와 같이 있어야 한다면 간병인으로 족했다. 간병인은 그를 간섭하지 않았다. 그가 여러 번 불러야 겨우 한 번 들여다보았다. 목사는 장모에게 오기가 세례를 받을 때까지 주기적으로 방문하겠다는 약속을 하고서야 돌아갔다.

홀로 남은 오기는 끽끽대는 목소리로 말하는 것을 연습했다. 턱이 아프고 침이 흐르고 발음이 부정확했다. 그래도 못 알아들을 정도는 아니라고 생각했으나 간병인은 하기 싫은 일은 못 알아듣는 척했고, 장모는 그의 말을 듣기도 전에 다 알아서 할 테니 힘들게 말하지 말라고 다독이며 오기의 의사 표현을 일축했다.

확실히 예전만큼 턱이 아프지는 않았다. 음식물을 씹는 일은 여전히 힘들어서 자극이 가지 않는 음식으로 끼니를 때워야 했지만 튜브를 통해 영양분을 섭취할 때보다는 나았다. 느리지만 소화 기능도 회복할 수 있을 것이다. 퇴원할 때 의사는 예후가 좋다고 말했다. 꾸준히 물리치료를 하고 정기검진에 응하면 의족을 하더라도 지팡이를 짚고 걸을 수 있을 테니 안심하라고 했다. 안심이라니. 의사는 오기가 아무리 노력해도 의족을 하고 지팡이에 의지해야 한다고 통보한 셈이었다. 당연히 쇠약해지고 체중이 감소할 줄 알았으나 그렇지 않았다. 아직 신경이 회복되지 않아 마비된 것이나 마찬가지인 하반신은 그렇게 됐지만 상반신은 점점 비대해졌다. 그 때문에 혼자 거동하는 일에 좀더 시간이 걸렸다.

거울을 달라고 했을 때 간병인은 무척 의아한 표정을 지었다. 이내 그게 무슨 의미인 줄 알겠다는 듯 씩 웃으며 거울을 가져다줬다. 간병인이 이해한 게 무엇인지 오기로서는 알 도리가 없었다. 오기는 거울을 통해 퉁퉁 부은 얼굴과 오른쪽으로 일그러진 턱을 보았다. 종잇장처럼 얇은 흉터 조직 더께가 감싸고 있는 얼굴은 쳐다보기 힘들었다. 머리통에는 까슬까슬한 머리카락이 5밀리미터쯤 자라 있었다. 아주 갓난아기였을 때를 제외하고 이렇게 바짝 자른 적이 없었는데, 이제 평생 머리를 기르지 못할 것이다.

그는 고작 마흔 살이 조금 넘었는데, 앞으로 원하는 때에 오줌을 누러 스스로 화장실에 가는 게 유일한 희망이 되고 말았다. 혼자서는 샤워를 할 수도 없고 술을 마실 수도 없고 학생을 가르칠 수도 없이 살게 될 것이다. 어쩌면 영영. 그런데도 장모는 종종 한숨을 내쉬며 자네는 살아서 얼마나 다행인가 하고 말했다. 오기가 진심으로 아내를 부러워하는 걸 알 리 없었다.

간병인은 무례했다. 함부로 오기의 바지를 벗겼고 성기에 연결된 관을 뽑아두고 오줌통을 덜렁덜렁 들고 가서 비웠다. 그러는 동안 오기의 벌거벗은 하반신을 방치한 건 물론이었다. 어느 날 오기는 그녀가 시꺼멓게 쪼그라든 성기를 보고 웃는 것을 보았다. 오기는 당황해서 허벅지를 오므리려 했으나 뜻대로 되지 않았고, 그녀는 그 사이로 손을 넣어 가볍게 다리를 벌리고 거침없이 튜브를 꽂았다.

간병인은 오기보다 나이가 조금 많았다. 처음에는 그렇게 보이지 않았다. 그녀는 덩치가 컸고 머리를 둥글게 파마했고 사투리를 썼다. 침대 시트를 바꿀 때 오기를 거뜬히 안아 소파에 앉힐 정도로 힘이 셌고 근육질 팔에는 햇볕에 노출되어 생긴 점이 많았다.

간병인이 오기를 향해 고개를 숙일 때마다 벌어진 티셔츠 사이로 가슴이 보였다. 간혹 그녀는 더 깊이 고개를 수그렸고 그러면 가슴이 오기에게 닿기도 했다. 아이를 넷쯤 낳은 후 중력에 순응하여 축 처진 가슴이었다. 그런데도 어느 날 오기의 성기가 맹렬히 솟아올랐다. 간병인은 처음에는 얼굴을 붉혔고 나중에는 낄낄댔다. 제 방으로 돌아가서도 웃는 소리가 오기의 방까지 고스란히 들렸다.

오기는 간병인을 해고하지 않았다. 그녀는 무례하고 투박하고 밤이면 잠을 자느라 끙끙 앓는 오기를 방치하고 끼니때면 밍밍하고 식은 죽을 주었지만, 자주 오기를 향해 고개를 숙였고 젖은 머리에서 나는 샴푸 냄새를 맡게 해주었다.

간병인을 해고한 것은 장모였다. 처음에 장모는 차분한 목소리로 간병인의 나쁜 버릇을 지적했다. 간병인은 옷장에 위스키를 숨겨두었다. 오기가 영국 출장을 다녀오면서 사 온 것이었다. 장모는 절반 넘게 비어 있는 위스키병을 흔들었다. 깊은 밤 술을 마시는지 오기는 간병인에게서 술 냄새를 맡은 적이 없었다. 장모는 간병인이 끼고 있는 반지가 낯익다는 것도 알아챘다. 아내의 반지 중 하나라는 것이다. 간병인이 변명하는 소리가 들렸다. 그것이 장모를 더 화나게 했다. 장모는 당장 간병인의 방을 뒤졌고 거기에서 나온 짐의 일부를 못마땅한 듯 던졌다. 간병인에게 도둑년이라고 욕을 퍼부었다. 간병인은 참지 않고 소리를 질렀다. 몹시 억울한 일이라면서 반지는 '저 병신 새끼'가 준 것이라고 했다. 장모의 손을 억지로 잡아끌어 오기에게 확인하러 왔다. 오기는 덜덜거리는 턱을 좌우로 흔들었다. 간병인은 누구에게랄 것도 없이 이런 일이나 한다고 함부로 대하지 말라고 소리쳤다. 오기는 침대에 누워 두 여자의 목소리를 다 들었다. 간병인이 자신을 '병신'이라고 한 것보다 장모가 그것에 호응하듯 간병인에게 평생 병신들 뒤치다꺼리나 할 팔자라고 한 말에 충격을 받았다.

오기는 그런 장모를 처음 보았다. 그녀는 몹시 히스테릭했다. 그간의 교양 있고 점잖고 예의 바른 성정은 온데간데없고 무식하고 막돼먹은 노인이 되기로 작정한 것 같았다. 간병인이 욕을 퍼부으며 짐을 싸서 나간 후에도 장모는 화내는 일을 멈추지 않았다. 돼먹지 못했다, 천박하다, 입만 열면 거짓말이다, 술주정뱅이다, 그러니 병신들 뒤치다꺼리나 한다 등등.

장모를 이해할 수도 있었다. 그녀는 몇 년 전 다정다감하고 자상하던 남편을 잃었고, 얼마 전에는 하나뿐인 딸을 잃었다. 하지만 아니었다. 아내도 그렇게 했다. 가끔 신경쇠약처럼 굴었다. 오기가 의심스럽다고 했고 무슨 말인가하면 계속 발뺌한다고 화를 냈다. 그러고 나서는 자신이 받자 툭 끊기는 한밤의 전화 때문에 예민해졌다고 둘러댔다. 아내는 장모에게 큰 키를 물려받았다. 검고 숱이 많은 눈썹과 머리카락도 물려받았다. 장모에 비해 아내는 피부가 흰 편이었다. 장모가 혈색 좋은 농부 같아 보인다면 아내는 핏기 없는 빈혈 환자처럼 보였다. 그래도 아내가 살아서 시간을 견뎠다면 장모와 꼭 같아졌을 것이다.

간병인이 해고된 후 당분간 장모가 그 일을 맡기로 했다. 장모는 침대에 누워 있는 오기를 내려다보며 한숨을 내쉬었다.

"사람 찾기가 어디 쉽나. 믿을 만한 사람 구할 때까지 내가 고생해야지 어쩌겠나. 늙어서 자식 앞세우고 이게 다 무슨 일인가. 내가 벌을 받나 보네."

장모는 간병인 방에 머물지 않았다. 그 방은 곧 구할 예정인 간병인이 지내야 할 테니까. 싸구려 조립식 침대와 간이옷장이 있는 방 대신 아내의 방에 머물렀다. 그 방에 침대는 없었으나 아내에 관한 모든 것이 있었다.

오기는 장모가 그 방에서 뭘 하는지, 얼마나 오래 머무는지 몰랐다. 장모가 온 후로 방은 늘 열려 있었지만 오기가 그 방에 자력으로 들어갈 수는 없었다. 그래도 그 방에 대해서는 훤히 기억하고 있었다. 예전에는 종종 들어가서 책상 앞에 앉은 아내의 어깨에 손을 올리고 얘기를 나누기도 했다.

아내는 집에 있으면 줄곧 그 방에 틀어박혔다. 벽면에 칸이 많은 서가가 있고 당연히 서가는 책으로 가득 차 있었다. 방 한가운데 아내가 여러 차례 이태원을 들락거리며 고른 책상이 놓여 있었다. 한쪽 벽면에는 역시 앤티크 전문점에서 산 장식장이 있었는데, 그 위에 사진 액자가 죽 놓여 있었다. 그와 아내의 사진보다 전혀 상관없는 사람의 사진이 많았다. 예쁘거나 고집 세 보이는 외국 여자들 사진이었다. 누구냐고 오기가 물어보면 아내는 신이 나서 액자 속 사람들에 대해 설명했다. 어떤 사람은 글을 썼는데 자살했고, 어떤 사람은 화가였는데 얼마 전 병으로 죽었다. 화장품 광고 모델도 있고 유명한 저널리스트도 있었다. 오기가 아는 사람도 있고 모르는 사람도 있었다. 오기는 단번에 그들의 공통점을 찾았다. 죄다 성공한 여자들이었다. 생판 모르는 사람에게 영향을 끼칠 정도로 성공한 여자들.

장모가 오기를 돌봤다. 식사를 가져다줬다. 식후에는 여섯 알씩 약을 줬다. 하루에 세 번 오기의 소변통을 비워주고 간혹 침구와 옷을 세탁했다. 간병인은 그 모두를 맨손으로 했는데, 장모는 위생 장갑을 꼈다. 오기가 만진 것에는 가급적 손을 대지 않으려고 했다. 굳이 만져야 한다면 일회용 위생 장갑을 끼거나 행주를 대고 집었다. 오기가 질병에 걸렸고 그것에 옮기라도 한다는 듯이.

조금 차도가 있었다. 정 힘들 때면 누운 채로 성기에 튜브를 꽂고 소변통을 사용했으나 가급적 혼자 화장실에 가려고 애썼다. 하반신을 장모에게 내맡기고 싶지 않다고 생각하자 그럭저럭 하게 되었다. 침대 아래 매트리스를 깔아달라 부탁했고—장모는 못마땅한 얼굴로 이웃에 사는 교회 권사를 불러 그 일을 함께했다—몸을 굴려 그리로 떨어진 후에 기다시피 침실에 딸린 화장실로 갔다. 바닥의 매트리스에서 누워 지내게 된 후로는 몸을 굴려 떨어질 필요도 없었다. 간병인에게 계속 의지했다면 상상도 할 수 없는 일이었다.

장모는 자주 외출했다. 주로 교회에 갔지만 슈퍼마켓에도 가고 은행에도 가고 보험회사에도 가야 한다고 했다. 그럴 때면 오기는 소변통을 내려놓고 힘겹게 바닥을 기어 거실로 나갔다. 장모가 온 후로 집 안에서 휠체어를 쓸 수 없었다. 간병인이 몸을 일으켜주면 얼마간 휠체어에 앉아 있었는데, 장모는 휠체어의 위험성을 지적하고 아예 치워버렸다. 집 안 곳곳의 문턱에 걸리면 고꾸라질 수밖에 없다는 것이다. 그러다간 그나마 무사한 신경마저 마비될 거라고 했다.

거실에서 홀로 유선전화를 사용할 때 오기는 좌절감을

맛봤다. 사고 이후 일상에서의 사소한 좌절을 계속해서 경험했는데도 전화 통화를 하면서 상대의 이름조차 한 번에 제대로 부를 수 없는 게 처음인 듯 괴로웠다. 그의 목에서는 철판에 긁히듯 끅끅거리는 소리가 한참 나다가 간혹 의미 있는 말이 튀어나왔다.

오기는 전화를 받은 상대에게 자신을 보러 와달라고 주저하며 부탁했다. 실은 이 말을 해야 할지 오랫동안 망설였다. 병원에 있을 때 간혹 문병 오는 사람이 있었다. 학교 동료와 동창 들이었다. 그중 한 무리에 그녀가 있었다. 오기는 부끄럽고 화가 나고 미안해서 아무 말도 하지 않았다. 사고 때문에 그녀와의 약속을 지키지 못했다. 이제는 그녀가 약속을 지키지 않을 것이다. 그녀는 일행과 함께 돌아갔고 다시는 병원에 오지 않았다.

"어디로 가죠?"

어렵게 내뱉은 말끝에 그녀가 되물었다. 그런 것쯤은 알아서 생각하면 안 되나 싶어 울컥 서운해졌다. 집 주소야 학교에 알아보면 되고 일행을 만드는 것쯤은 일도 아닐 텐데.

오기는 그녀의 질문에 대답하지 못했다. 슈퍼마켓 비닐 봉투를 든 장모가 들어섰기 때문이다. 간혹 장모가 늙은 아내인 듯 느껴질 때가 있는데, 지금이 그랬다. 오기는 깜짝 놀라 수화기를 내려놓고 어색하게 장모를 향해 웃어 보였다. 장모가 소리 나게 비닐 봉투를 내려놓으며 찬바람이 묻은 스카프를 풀었다.

오기는 장모를 등지고 천천히 방으로 기어갔다. 장모가 수화기를 들어 버튼을 단 한 번 누르는 걸, 아마도 그것이 리다이얼 버튼임을 모르는 척했다. 얼마 후 오기는 장모가 외출한 틈에 거실로 나왔다가 유선전화가 먹통이라는 걸 알았다. 다소 침울해졌으나 이 번호로 전화가 올 가능성이 있는지 가늠해보고 기분을 풀었다.

사고가 나기 전 오기는 무척 바빴다. 학교 일은 물론이고 생태 관련 잡지를 창간하려고 준비 중이었다. 자금을 대줄 사람들과 편집위원, 예상 필자까지 만나야 할 사람이 많았다. 아내는 늘 오기에게 약속을 지키라고 했다. 오기는 아내에게 9시까지 간다고 하고 자정이 넘어 들어갔다. 주말을 함께 보내자고 했는데 생각지 못한 일정이 생긴 게 한두 번이 아니었다. 오기는 친구들과 자주 술을 마셨고, 오래전 추억을 곱씹었고, 간혹 며칠간 차를 타고 놀러 다니기도 했다.

집에 돌아오면 아내는 제 방에 불도 켜지 않고 책상 의자에 몸을 웅크리고 앉아 있었다. 오기는 아내가 자기에게 보여주려고 그렇게 한다고 생각했다. 차가 들어오는 불빛을 보고 방으로 들어갔을 거라고. 오기가 잠들고 나면 아내는 자러 들어왔다. 아침에 오기는 아내가 깨지 않도록 조용히 출근 준비를 했다.

지금 오기가 만나는 사람은 장모를 제외하면 일주일에 한 번씩 집에 들르는 물리치료사와 2주마다 심방 기도를 하러 오는 목사가 전부였다.

물리치료사는 부드럽고 안정적이고 능숙한 솜씨로 오기의 몸을 만졌다. 손을 들라거나 숨을 크게 쉬라거나 힘을 빼라는 물리치료사의 부드러운 명령을 듣고 울음을 터뜨린 적 있었다. 물리치료사는 결코 오기의 몸을 주무르는 손길을 멈추지 않고 괜찮아질 거예요,라고 했다. 그 말대로 될 리 없지만 적어도 오기의 마음은 곧 가라앉았다.

물리치료사는 치료가 끝난 후에 바로 돌아가지 못했다. 오기는 사람들이 쉽게 연민을 가진다는 걸 배웠고, 그에게 자신의 불행한 나날에 대해, 희망도 절망도 없는 미래에 대해 덜덜 떨리는 턱을 움직여 열심히 털어놓았다. 물리치료사는 가벼이 대꾸하거나 묵묵히 들어주었다. 그것도 잠시, 치료 시간이 길어진다 싶으면 어김없이 장모가 문을 벌컥 열었다. 그러면 물리치료사는 조용히 가방을 챙겨 일어섰다.

그가 돌아가고 나면 장모가 힐난하는 투로 말했다. 일도 안 하고 멍하니 앉아서 딴생각이나 한 주제에 돈을 받아 처먹다니. 물리치료사는 시간 단위로 돈을 받았다. 오기의 말이 길어지면 초과 수당을 받을 수 있었다.

심방 오는 목사에게 장모는 매번 두툼한 헌금 봉투를 내밀었다. 틀림없이 오기가 벌어놓은 돈일 터였다. 오기가 절대로 하지 말자고 다짐한 것 중 하나가 종교 단체에 헌금을 기부하는 일이었다. 오기는 세이브더칠드런이나 유니세프 같은 자선 단체를 통해 여러 명의 아이들을 후원해왔다. 후원하는 단체 중 한 곳에서 후원금을 착복한 일이 발각되었을 때 간접적인 자선 방법에 회의를 품기도 했으나 후원을 중단하지는 않았다. 가난하지도 않고 내전을 겪지도 않고 어려서부터 커피농장에서 노동을 해야 하는 것도 아니고 글자를 못 배운 것도 아닌 목사에게 후원하는 일은 오기가 생각하기에 끔찍한 낭비였다.

오기는 간신히 헌금에 대한 반감을 억누르고 손을 잡으려고 고개를 수그린 목사에게 오랫동안 연습해온 말을 힘겹게 속삭였다. 여기서 나가게 해주세요. 목사는 고개를 들어 조용히 주위를 둘러보고 마침 방으로 들어선 장모에게 말했다.

"어허허, 우리 형제님이 얼른 나아서 바깥바람을 쐬고 싶으신가 봅니다."

장모가 부끄럽고 수줍은 투로, 그럼요, 얼른 그렇게 돼야지요, 하고 고개를 끄덕였다. 목사는 지금까지보다 더 길게 기도하고 성경을 봉독하고 신도들과 찬송가를 부른 후 돌아갔다.

아무도 없을 때면 오기는 커튼을 걷고 밖을 내다봤다. 차가운 벽에 등을 비스듬히 기대고 앉아 유리창을 통해 정원을 내다보는 일, 그것이 오기의 외출이었다. 집에 있을 때면 장모는 아내의 방에 있거나 정원에 머물렀다. 처음에는 지나치게 자란 곁가지들을 자르는 정도로만 일을 했다. 그러던 것이 울타리 쪽을 손질하고 조금씩 안쪽의 식물을 다듬는 식으로 일이 늘어났다.

정원에 있는 장모를 보면 간혹 소름 끼칠 때가 있었다. 왜 그러는지 몰랐는데 계속 보면서 이유를 알게 되었다. 장모는 식물을 가꾸는 게 아니라 정원을 검사하는 것처럼 보였다. 장모는 정원에 심긴 식물들을 뽑았다. 죽은 것도 있고 다음 해 봄을 기다리는 것도 있을 텐데 무작위로 그렇게 했다. 식물을 뽑고 나서는 둥글게 파인 구멍 안을 이리저리 들여다보았다. 땅을 손으로 조금 더 판 다음 쪼그리고 앉아 자세히 살펴보기도 했다. 거기 식물의 잔뿌리나 돌멩이 말고 뭐가 더 있다고 생각한 걸까. 확인하듯 구멍을 일일이 들여다보았고 아무것도 없다 싶으면 뽑은 식물을 다시 구멍에 대강 꽂아두었다.

언젠가부터는 정원 가장 외진 곳에, 오기가 창에 얼굴을 바짝 붙여야 보이는 곳에 조금씩 구멍을 파기 시작했다. 겨울이었고 땅은 딱딱했고 삽이 무거워서 잘 파이지 않는 것 같았다. 여러 번 같은 자리를 두드리면 결국 굳은 땅도 물러지는 법이어서 장모는 이내 조금씩 흙을 퍼 올리게 되었다.

처음에는 작은 묘목을 심을 정도의 깊이였다. 아내라면 구멍의 형태만으로 묘목의 크기나 식물의 종류 같은 걸 짐작했겠지만 오기는 알 수 없었다. 물리치료사나 목사가 오는 날이면 장모는 커다란 방수포를 펼쳐 구멍이 파인 자리를 덮었다.

정원을 모두 갈아엎을 작정인 걸까. 정원에 숨겨진 무엇인가를 찾는 걸까. 식물을 뽑아내고 땅속 구멍을 골똘히 들여다보는 장모를 보면 그런 생각이 들었다. 아내와 관련

94

된 것일까. 장모는 줄곧 아내 방에 머물렀고, 거기에는 아내가 쓴 메모가 많을 것이다. 아내는 늘 뭔가 썼고 오기가 보기에는 쓸데없는 것으로 가득 찬 노트를 여러 권 가지고 있었다. 오기는 자신의 질문에 답이 있을 거라고 생각했는데 그 답을 상상하다 보면 소름이 돋았다.

오기에게 치료가 불가능한 장애가 생겨서 그렇게 생각하는 것인지도 몰랐다. 오기의 심사는 꼬일 대로 꼬였다. 못 쓰게 된 다리와 괴물처럼 재생피부로 덮인 얼굴로는 미래를 생각하기 어려웠다. 오기를 찾던 사람들이 일시에 사라졌다. 부르면 오기야 하겠지만 더 이상 친교는 불가능했다. 오기는 친구들의 동정을 받을 것이고 친구들은 불행 앞에서 눈치를 볼 것이다. 그들이 형식적인 얘기나 나누다가 시간에 쫓겨 허둥지둥 돌아가고 다시 부를 때까지 나타나지 않을 것을 생각하면 오기는 구역질이 치밀었다.

금고를 파묻어도 좋을 정도로 구멍이 커진 날, 정원 일을 마친 장모가 그의 방으로 들어왔다. 장모는 오기의 머리맡에 서서 흙이 묻은 두 손을 탁탁 털었다. 흙이 들어가지 않게 오기는 눈을 감아야 했다.

"저렇게 땅을 좀 갈아놔야 봄에 뭘 심든가 할 수 있다네. 안 그러면 다 죽어버리지."

오기가 내내 정원을 내다보는 걸 아는 것 같았다. 오기는 고개를 끄덕였다. 그는 가드닝에 대해 전혀 아는 바가 없었다.

"하지만 지금 그깟 식물들이 문제겠나."

오기는 이번에도 고개를 끄덕였다. 사고 이후 가장 큰 문제는 언제나 오기였다. 오기의 회복 말이다.

"돈 말일세. 계산을 해봐야 할 때라네."

장모는 그대로 거실로 나가버렸다. 오기는 장모를 기다렸다. 한참 지나도 돌아오지 않았다. 오기 스스로 계산을 해보라는 속셈 같았다. 오기는 장모의 수작을 알고도 모르는 채 넘어가야 한다는 게 놀라웠다.

그 후로도 장모는 돈 얘기를 꺼내려다 말기를 몇 차례 반복했다. 그런 화제가 민망해서가 아니라 오기가 자신의 처지를 객관적으로 깨닫도록 시간을 주는 것 같았다.

오기가 앰뷸런스를 타고 병원에 정기검진을 다녀온 날 장모가 또 그 얘기를 꺼냈다. 언제 변덕을 부려 입을 닫아버릴지 모르므로 오기는 의사의 말을 곱씹는 일로 장모의 힐난을 견뎠다. 의사는 근육치료와 함께 피부이식과 치과치료를 병행해야 한다고 말했다. 그래야 최소한 제대로—침을 흘리지 않고 턱을 덜덜 떨지 않는다는 의미였다—말을 할 수 있고 혐오감을 주지 않으면서 외부 활동을 할 수 있을 터였다. 물론 의사는 혐오감이라고 말하는 대신 '자연스럽게'라고 말했다.

"자네가 앞으로 이 상태로 최소 20년을 더 산다고 가정해봤네."

그 말이 오기의 몸을 훑어보는 장모의 시선과 함께 공허하게 툭 떨어졌다. '최소 20년'을 더해도 평균수명에 턱없이 못 미치는 나이였으나 지금으로서는 영겁처럼 까마득했다.

"휴우, 긴 시간이야. 정말 긴 시간이지, 20년은."

장모도 비슷한 생각을 하는 것 같았다.

"내가 그때까지 산다는 보장도 없네."

그건 아니었다. 장모는 건강해 보였다. 오기보다 건강했다. 적어도 그녀는 오줌은 편히 눌 수 있는 처지였다.

"간병비에 각종 공과금, 병원비 등을 합쳐서 한 달 최소 생활비를 계산해봤네. 자네도 월급을 받아봐서 알겠지만, 급여 생활자는 해마다 봉급이 올라도 이제 우리한테는 그런 게 없네. 대출금 이자가 오르면 몰라도…… 나는 최소한의 물가 인상률 같은 건 반영하지도 않았어. 그런데도 한 달에 드는 비용이 자그마치……"

장모가 계산기를 오기의 눈앞에 바짝 가져다 댔다.

"봤나? 봤으면 봤다고 말을 해봐."

오기는 장모를 봤다. 하도 가까이 계산기를 들이대서 거기에 찍힌 숫자는 보이지도 않았다. 장모가 눈을 부릅떴다. 대답을 듣기 전에는 계산기를 치우지 않을 작정 같았다. 오기는 할 수 없이 고개를 끄덕였다.

"더 중요한 건 이거지. 우리가 얼마를 쓰는지가 아니라 얼마나 쓸 수 있는지. 그러려면 우리에게 총 얼마가 있는지 알아야 해."

장모는 줄곧 '우리'라고 말했다. 명백히 오기의 재산임에도.

"이 집하고 자네하고 내 딸 명의로 된 예금을 다 더했지. 얼마 안 되더군. 주택 대출도 너무 많고. 집을 팔아서 갚는 게 낫지 싶어. 이자 나가는 걸 생각하면 확실히 그래. 어쨌거나 거기에 자네의 퇴직금을 합했네."

장모가 모르는 게 있었다. 오기는 퇴직하지 않았다. 학교에서는 병가를 줬다. 그가 스스로 퇴직 의사를 밝히기 전에는 잘릴 리 없었다. 문병 온 학장이 그렇게 말했다. 학장은 얼른 나아서 학교로 돌아오라고 했다. 오기는 몸이 괜찮아지면 출근할 수 있는 학교가 있었다. 휠체어를 타고 움직일 정도가 되면, 침을 흘리지 않고 말하게 되면 수업도 할 수 있을 것이다. 누구나 명예퇴직을 당하는 마당에, 침대에 하루 종일 누워 있어야 하는 처지에도 정년까지 다닐 직장이 있는 것이다. 그 사실에 오기는 종종 감격했다.

"참."

장모가 뒤늦게 생각났다는 듯 방을 나가려다 말고 멈춰 섰다.

"학교 말일세. 내가 퇴직 신청을 했네. 자네가 복귀하려면 아무래도 시간이 많이 걸릴 테니 말이야."

그러고는 방문을 꽝 닫았다. 오기는 이미 누워 있어서 더는 쓰러지지 못한다는 사실에 위안을 받았다. 돌아갈 곳을 잃었다. 지금 잃은 건 아니었다. 교통사고가 나면서 잃었다. 혹은 그보다 훨씬 더 전에. 얼마나 오래전부터 이 모든 걸 결국 잃게 될 줄도 모르고 애써 달려온 건지 가늠하기 힘들었다.

아내는 이미 다 알고 있었다. 오기가 곧 모든 걸 잃게 될 거라고 했다. 자신이 그렇게 만들 거라고도 했다. 아내는 몹시 화가 났고 오기에게 설득당할 여지가 없어 보였다. 아내는 오기를 자극했다. 위험을 무릅쓰고 운명을 향해 돌진하게 만들었다. 아내의 말이 맞았다. 아내가 그렇게 만든 게 아니라 오기 스스로 그렇게 했다는 게 다를 뿐. 그 일로 오기가 가졌다고 믿은 것은 모두 제 것이 아니게 되었다. 오기에게는 힘을 못 쓰는 너덜거리는 몸뚱이와 그것을 의지할 침대만 남았다.

간병인 없이 장모가 돌보는 생활이 계속됐다. 장모는 여전히 죽을 주었고 식후에 먹을 약을 조금씩 늘렸다. 은행이나 보험회사 등에 외출하던 것을 화원이나 꽃시장을 다니는 것으로 바꾸었다. 장모는 돈이 없다고 한탄하면서도 오기가 분간할 수도 없는 식물을 사들이기 시작했다. 갈아엎은 땅에 심을 모양이었다. 뿌리를 둥근 흙덩이로 감싼, 제법 자란 나무들이 정원에 들어찼다.

간격이 뜸해진 물리치료사가 오랜만에 들렀다가 그 광경을 보고 놀랐는지 거실에서 마주친 장모에게 물었다.

"정원을 싹 갈아엎으신 거예요? 혼자서요?"

"딸애가 가장 아끼던 곳이에요. 봄에는 꽃을 좀 봐야죠."

장모가 대답했다.

오기는 물리치료사가 어서 방으로 들어오기를, 들어와서 정원의 깊고 넓게 파인 구멍에 대해 자세히 말해주기를 기다렸다. 물리치료사는 바깥이 추운지 코가 빨개져서 들어왔다.

"봄이면 정원이 아주 근사해지겠어요."

가방을 내려놓고 외투를 벗으며 물리치료사가 말했다. 오기는 그가 침대 곁으로 다가오자마자 먹지 않고 베개 밑에 숨겨둔 약을 보여줬다.

"보세요, 제 약이에요. 한 번에 여덟 알이죠. 보통 이렇게 많이 먹나요?"

물리치료사가 깜짝 놀라 대답했다.

"정말 많군요. 이거 진짜 문제라니까요. 지난번에 제가 결막염 때문에 안과치료를 받았는데, 겨우 눈곱 조금 낀 거 갖고 한 번에 여섯 알 반을 먹었다니까요. 약 먹다 배부르긴 처음이었어요."

물리치료사가 익살맞게 웃었다. 오기가 목소리를 낮춰 말했다. 물리치료사는 오기의 꺽꺽거리는 소리를 알아듣지 못했다. 할 수 없이 조금 목소리를 높였다.

"먹기만 하면 졸려요. 참을 수 없을 정도로요."

"주무셔야죠. 통증을 이기려면 주무셔야 해요."

"이게 도움이 될까요?"

"그럼요. 이렇게 안 먹고 가지고 있는 것보다야 먹는 게 훨씬 낫죠."

오기는 참을성을 가지고 그를 설득하려는 생각을 포기했다. 대신 자신을 병원으로 데려가 달라고 부탁했다. 물리치료사는 일단 오늘 치 치료를 받자며 오기를 도와 몸을 엎드리게 했다. 오기는 엎드린 채로 장모의 꿍꿍이를 털어놨다. 물리치료사는 어떤 대꾸도 하지 않았지만 오기는 그가 몹시 놀랐다는 것을 알 수 있었다. 평소와 다른 묵직한 침묵이 그 증거였다.

물리치료사가 자신의 말을 아파서 내지르는 신음쯤으로 받아들였다는 것은 다시 똑바로 누워서야 알게 되었다. 장모가 방문을 열고 오기가 치료받는 과정을 지켜보고 있었다는 것도.

"오늘 유난히 아프신가 봐요. 많이 끙끙대시네. 그러세요?"

물리치료사가 장모를 의식해 물었다. 오기가 그렇다고 대답했다. 부자연스럽게 입을 놀리느라 오기의 말은 과연 신음처럼 들렸다.

치료를 마치고 나서 물리치료사는 여느 때보다 다정히 인사하며 얼른 쾌유하시라고 말했다. 오기는 제 말을 알아듣고 특별한 신호를 보내는 게 아닐까 생각했으나 곧 그가 장모와 나누는 얘기를 듣고는 작별 인사라는 걸 깨달았다.

장모는 이럴 작정으로 오기에게 생활비 얘기를 털어놓았다. 오기는 간병인에 이어 물리치료사를 잃었다.

물리치료사가 돌아간 후 장모는 정원으로 나갔다. 오기는 커튼을 걷고 심지 않은 나무로 가득한 정원을 내다보았다. 잎도 꽃도 없는 헐벗은 묘목들이 흙 묻은 뿌리를 기둥 삼아 서 있었다. 묘목을 심은 구멍이 검고 깊어 보였다. 다른 것들은 비교적 적당한 크기였는데, 정원의 가장 외진 곳에 있는 구멍은 유독 깊고 커다랬다. 그 구덩이에 심을 만한 큰 나무는 눈에 띄지 않았다.

장모가 묘목을 들어 뿌리를 감싸고 있는 비닐을 벗기다 말고 고개를 돌려 오기를 쳐다보았다. 장모는 그렇게 한참 동안 오기를 보았다. 오기는 직감적으로 장모가 그날 무슨 일이 있었는지 알고 있다는 걸 느꼈다. 그러고 보니 장모는 한 번도 오기에게 사고가 나던 날의 얘기를 묻지 않았다. 어떤 것도 확인하지 않았다.

장모는 다시 나무 쪽으로 차가운 눈을 돌렸다. 오기는 허튼 생각을 잠재우기 위해 장모는 그저 식물을 좋아할 뿐이라고 생각하기로 했다. 왜 좋아하는지는 좀처럼 떠오르지 않았다.

원
더
박
스

그 무렵에는 모든 것이 잘 맞아떨어지지 않았다. 수만이 다친 일만 해도 그랬다. 볕이 좋은 날이어서 이불을 널어 말리는 집이 많았다. 11층 여자는 밤새 땀에 전 아이들의 이불을 베란다 창틀에 걸어뒀다. 여자가 다른 일에 정신이 팔린 사이 두 아이가 스타워즈 광선검으로 이불을 조금씩 바깥으로 밀어냈고 어느 순간 차렵이불이 창틀을 벗어났다. 평소처럼 바닥을 보고 걷던 수만은 머리 위로 그늘이 진다는 것을 깨달았다. 그것을 피하려다 넘어지면서 인도와 차도 경계석에 허리를 세게 찧었다. 큰 소리가 나지는 않았지만 즉각적으로 통증이 느껴졌다. 우주선이 그려진 차렵이불은 경계석에 허리를 걸치고 누운 수만과 멀찍한 곳에 떨어졌다.

치료비 문제로 몇 사람이 얼굴을 붉혔다. 이불을 창가에 널어둔 여자는 처음에는 어쩔 줄 몰라 했지만 법률 자문을 구한 후 말투와 표정이 달라졌다. 아이들은 많은 실수를 저지르고 장난감 칼로 이불을 밀어 올린 건 그런 실수 중 하나였다. 경계석은 건축법에 맞는 너비와 높이를 갖추고 있었다. 누가 민 것도 아니고 이불이 수만을 덮쳐 시야를 가린 것도 아니었다. 아무도 잘못한 사람이 없는데 수만은 중상을 입었다. 여덟 시간이 드는 긴 수술을 했고 의사로부터 회복에 시간이 걸린다는 얘기를 들었다.

척수 마취에서 깨어나자마자 수만은 누구 책임이냐고 물었다. 마취의 영향으로 고개를 높이 들지 못하고 편히 돌아눕지 못한 채로. 누구도 대답하지 않는 가운데 요도에 연결된 관을 통해 누런 오줌이 조금씩 소변통으로 떨어졌다. 소영은 소변통을 보지 않으려 애썼다. 미리 실망하지 않기 위해서였다. 수만이 계속 중얼거렸다. 도대체 누구 잘못이래? 간호사가 민망했는지 자리를 떴다. 소영이 간호사를 따라나서는 순간에도 수만은 갈라진 목소리로 누구 잘못이냐고 묻는 일을 멈추지 않았다.

수술실 앞에서 대기하는 동안 소영도 내내 그 생각을 했다. 수만은 낭비하지 않고 분수껏 살았다. 사고 나던 날 입은 잠바도 12년 전에 산 것이었다. 수만은 술도 즐기지 않았고 담배도 피우지 않고 허튼 말도 잘 안 했다. 도박이나 경매에 빠진 적도 없었다. 성격이 쾌활해 자주 호탕하게 웃었지만 일을 할 때는 성실하고 침착했다. 영업 사원이면서 기계의 성능이나 보증을 과장하지도 않았다. 책임감이 강해서 한번 성사된 거래는 철저히 애프터서비스했다.

거래처 사장 김은 수만의 그런 점을 자주 칭찬해왔다. 김은 수만과 자동제어계측기 여섯 대의 구매 계약을 맺었다. 그 일로 수만은 조회 시간에 전 사원 앞에서 박수를 받았다. 처음 만기를 맞은 어음은 순조롭게 회수되었다. 그러나 계약 당시 이미 김의 회사에는 여러 가지 악재가 포진해 있었다. 호황이던 시절은 오래전에 지나갔다. 나중에 밝혀진 바에 따르면 김은 부당한 방법으로 회사 자금에 손을 대고 있었다. 당연히 어음 만기에 신경 쓸 겨를이 없었다. 서류를 조작하여 불법 대출을 받은 사례도 속속 드러났다. 그 돈이 다 어디로 사라졌는지 들을 수는 없었다. 김은 잠적해버렸다.

은행은 돈을 잃었고 부실 대출에 책임을 져야 했다. 수만의 회사는 말할 것도 없었다. 회사에서는 수만의 부주의한 업무 처리 방식을 문제 삼고 일부 책임을 묻기로 했다.

수만은 거기에 진실이 숨어 있기라도 하듯 김과 작성한 거래 계약서를 자주 들여다보았다. 어두운 거실 한편에서 등을 동그랗게 구부리고 앉아 계약서를 들고 있는 수만은 늙고 지쳐 보였다. 소영은 괜한 헛기침으로 인기척을 내거나 모르는 척 조용히 지나쳤다.

육인실은 시끄럽고 후덥지근했다. 종일 텔레비전이 틀어져 있고 사람들이 끊임없이 들락거렸다. 수만은 늘 침대에 똑바로 누워 있었다. 누군가 실수로 침대를 둘러싼 커튼을 걷으면 막대기를 들어 다시 쳤다. 소영이 막대기를 구해 왔다. 상인들이 쓰는 것으로 끝에 U자형 홈이 있었다. 수만은 홀로 있고 싶어 했다. 회진 온 의사에게 간단히 대답하고 소영에게 불편한 상태를 호소할 때 말고는 거의 말을 하지 않았다. 함께 병실을 쓰는 환자들을 못마땅하게 생각했다. 그들은 수만과 달리 움직이거나 이동하는 데 별문제가 없었다. 간단한 정형외과 치료를 받는 환자들로, 가벼운 교통사고를 당했거나 업무 중 재해를 입었다. 시비가 붙어 몸싸움을 벌이다 다친 사람도 있었다. 그들에게는 책임 소재가 분명했다. 상대측 과실이거나 쌍방에 잘못이 있거나 회사로부터 보상받을 수 있었다. 그들과 달리 수만의 사고에는 잘못한 사람이 아무도 없고 누구도 책임질 의무가 없었다.

그들 역시 종일 천장만 보고 누워서 중얼중얼 욕설 섞인 혼잣말을 해대는 수만을 노골적으로 불편해했다. 처음에 넉살 좋게 말을 걸던 사람들에게 수만은 묵묵부답으로 무안을 줬다. 그 후 병실 사람들은 수만을 아예 없는 사람 취급했다. 소영이 인사를 하고 먹을 것을 나눠 줘도 어색한 공기는 쉬이 가시지 않았다. 예전에 수만은 그렇지 않았다. 잘 웃었고 말장난으로 분위기를 편하게 만들었다. 사람을 잘 믿었으며 낙천적이어서 열등감 같은 게 없었다.

수만은 침대에 똑바로 드러누워 있다가 소영이 퇴근해 오면 기다렸다는 듯 물었다. 누구 잘못이래? 소영이 그걸 알아내려고 종일 돌아다니기라도 했다는 투로. 소영은 조용히 미소 지었다. 미소가 수만에게 도움이 되지는 않았지만 소영 자신의 마음은 가라앉힐 수 있었다.

수만은 그저 운이 없었다. 짐작할 수 없고 모르는 채 당하는 일에 지나지 않았다. 애를 쓰거나 그런 일이 일어나지 않도록 준비하거나 노력할 수도 없었다. 그냥 벌어지는 일일 뿐이다. 기민하고 착실하고 선량한 것과 상관없는 사고여서 도덕이나 양심을 문제 삼을 수도 없었다.

그럼에도 수만은 자신을 이렇게 만든 누군가에게 엄청

난 반감을 품었다. 소영이 생각하기에 그 대상은 모호하고 불확실하고 심지어는 아예 없는데, 수만은 그렇게 생각하지 않았다. 금세 찾아냈다. 김이었다.

수만은 소영에게 누구 잘못이냐고 묻고는 자답하듯 조용하고 집요한 말투로 김을 비난했다. 그러고 나면 누그러지는지 조금 잠잠해졌다. 그 침묵으로 짐작건대 수만 역시 김이라고 단정 짓는 건 아니었다. 자신을 이렇게 만든 사람이 실재하는 누구인지, 그것이 정말로 김인지, 계속 그것을 생각할 가치가 있는지, 생각하고 질문한다고 해서 알아낼 수 있는지 의구심을 품는 듯했다. 특별히 자신을 겨냥해서 일어난 사고가 아님을 받아들이려면 시간이 걸릴 것이다.

소영이 보기에 수만은 더 신랄하게 생각하지는 못했다. 이를테면 왜 자신이 김이 사는 아파트까지 찾아가게 되었는지 하는 것 말이다. 수만은 다른 사람이 저지른 잘못이나 무책임한 행동에 피해 입은 것만 생각하느라 거래 당시 면밀히 살펴보지 않은 제 실수는 잊어버렸다. 일부러 상관없는 척하는 것일 수도 있었다. 누군가에게 책임을 추궁하는 데 몰두하다 보면 명백히 다른 사람 탓이 되니까.

소영이 멍하니 병실 가운데 붙은 텔레비전을 보는 동안

요도를 연결하는 관이 빠져 수만의 환자복과 시트가 젖자, 수만은 소영을 똑바로 쳐다보고 말했다. 이건 당신 잘못이야. 소영이 병실에서 신는 슬리퍼를 다른 사람이 가져가버렸을 때도 수만은 말했다. 간수를 잘했어야지. 당신 책임이잖아. 소영은 아무런 대꾸를 하지 않았고 두 사람 다 조금씩 불편해졌다.

수만은 제 잘못이 아니라는 확신을 얻기 위해 계속 질문했다. 대답을 바라는 것은 아니었다. 그렇다고 해도 소영이 거절했을 것이다. 확실히 다른 사람의 잘못이라고 말해줌으로써 수만에게 만회할 기회나 가능성을 주고 싶지 않았다. 그런 마음이 들 때면 말할 수 없이 나이를 먹은 기분이었다. 소영도 알았다. 수만의 탓이 아니었다. 그러나 편리하게 김의 탓이라고 떠넘길 수 없었다. 연민이 드는 가운데 누구도 잘못한 게 없다면, 자신이 전적으로 피해자라고 여긴다면, 바로 그 때문에 수만에게 잘못이 있는 게 아닐까 하는 생각도 했다. 야박하지만 다른 생각은 들지 않았다. 그래도 수만과 멀어지지는 않을 것이다. 수만과 소영은 이런 성가신 일을 바라지 않았다. 억울하고 분한 마음이 그들을 충분히 서로에게 붙들어 맸다.

계속 누워만 있는 수만의 얼굴과 몸을 닦아주고 저린

곳을 주물러주고, 가득 찬 소변통을 화장실에 비우고, 몸을 이리저리 돌려 땀을 식히고, 간호사에게 들러 예후를 묻고 나면 소영과 수만은 멀뚱히 각자 시선을 돌렸다. 수만은 천장으로, 소영은 텔레비전 쪽으로.

조용한 가운데 수만이 뭔가 물어봐주었으면 하는 마음이 들었다. 도대체 누구 잘못이냐는 질문 말고, 소영 혼자 지내기는 어떤지, 임박한 계약 만료 건으로 집주인과 얘기를 나눠봤는지, 처음 해보는 시간제 간병 일은 괜찮은지, 환자가 심술 맞게 굴지는 않는지, 노파는 까다로운 성격이 아닌지 하는 것을.

제 운명과 분투하기 바빠 그런 질문을 할 리 없다는 생각이 들면 적의가 솟구칠 정도여서 소영은 깜짝 놀랐다. 그 감정을 숨기려고 호들갑을 떨며 텔레비전 연속극 얘기를 했다. 수만은 응대하거나 맞장구치지 않았다. 그래도 계속 얘기했다. 다행히 할 얘기는 끊이지 않았다. 위층의 유난한 소음 때문에 간밤에 잠을 설친 것과 노파가 처음에는 무척 예의 바른 태도를 보여 흠 잡히지 않을까 긴장했다는 것, 알고 보니 말이 많고 수더분하다는 것, 얼마나 말이 많은지 남들이 다 아는 것도 꼭 말로 가르쳐야 직성이 풀리고 같은 말을 여러 차례 반복한다는 것, 소영 씨, 하고 부르며 느닷없이 손을 잡고 고맙다고 할 때가 있다는 것 등. 소영이 무안해하면 노파는 잡은 손에 힘을 주어 다시 한번 고맙다고 말했다. 그것이 진심을 드러내는 유일한 방법이라는 듯.

노파가 소영더러 젊은 시절 자신을 보는 것 같다고 한 말과 환자인 노인이 소영을 친딸이었으면 좋겠다고 한 말도 전했다. 그런 말을 듣고 무슨 생각이 들었는지는 말하지 않았다. 젊었을 적의 노파와 닮았다는 말은 끔찍하게 싫었다. 무엇보다 소영은 몸이 아픈 사람의 딸이 되거나 딸처럼 가까운 사람이 되고 싶은 마음이 전혀 없었다. 아픈 사람의 아내로 충분했다. 그 일도 벅찼다. 소영을 종종 우울하게 했다. 자주는 아니었다. 비록 지금은 수만이 천장을 보고 누워 같은 말만 하는 사람이 되었지만, 삶을 분하게 여기느라 스스로를 조롱하는 사람이 되었지만, 소영의 기억 속에는 다른 모습이 훨씬 많았다.

수만은 소영에게 줄 비밀 상자를 준비하고 있다고 자주 말했다. 다정한 허풍이어서 실제로 뭔가를 준비한 적은 없었다. 수만은 이 세상에 없는 상자를 무마하려고 소영의 뭉친 어깨를 주물러주거나 성사되기 어려운 더 큰 약속을 했다. 웃고 넘길 수 있었다. 준비가 미진한 선물이 문제 된 적은 없었다. 하지만 이미 상자를 받았다 싶을 때도 있었다. 상자에 숨겨진 것이 기쁘고 경탄할 만한 게 아니었을 뿐. 그렇게 생각하면 수만은 모르는 뭔가를 소영 자신은 안다는 기분이었다.

"앞으로 한 40년 남았대."

수만이 무슨 소리냐는 듯 천천히 소영을 쳐다봤다.

"나 말이야. 40년 더 살 수 있대. 그런 걸 알려주는 웹사이트가 있어. 출생 연월일, 몸무게, 신장, 질병력 같은 걸 입력하면 죽을 확률이 높은 날짜를 알려줘. 40년 후라는데, 개천절이자 토요일이야. 어때, 괜찮은 날이지?"

수만이 다시 힘없는 눈동자를 천장 쪽으로 돌렸다. 입술을 달싹이며 무슨 말인가 했다. 들리지 않았지만 도대체 누구 잘못이냐고 중얼거린 것 같았다.

소영이 재미 삼아 예상 수명을 계산해줬는데, 노파에게는 22년, 노인에게는 19년이 더 남아 있었다. 근거 없는 추정이고 가상의 계산에 지나지 않지만 두 사람은 즐거워했다.

소영은 수만의 것도 계산해보았다. 결과를 알고 다소 낙담했다. 수만은 소영보다 13년 더 살았다. 평균수명을 훌쩍 뛰어넘는, 장수에 가까운 수준이었다. 아직 마흔 살도

되지 않아, 계속 치료를 받아야 하고 한참을 더 누워 지내야 하고 예후를 장담할 수 없는 가운데 50여 년을 더 사는 것이다. 지금의 수만이라면 감격하고 기대하고 놀라는 법 없이, 사소한 일도 누구 책임인지 따져가면서 말이다.

그 생각을 떨치려고 소영은 수만이 퇴원하면 함께하고 싶은 일들을 얘기했다. 조용하고 볕이 잘 드는 낮은 층 집을 알아보는 일, 함께 바둑을 배우고 수만의 망가진 허리를 지탱해줄 매트리스를 고르는 일 등이었다. 즉흥적인 생각도 있고 오랫동안 궁리해온 것도 있었다. 여행 얘기도 꺼냈다. 그건 갑자기 떠올랐다. 그들에게 여행은 가급적 뒤로 미뤄야 할 일이었다. 수만이 준비하지 못한 상자에는 여행도 포함되어 있었을 것이다. 몰다인 같은 곳이면 좋겠다고 소영이 말했다. 수만은 거기가 어디냐고 물어보지 않았다.

몰다인이 좋겠다고 한 사람은 노인이었다. 노인과 노파는 하루 종일 바둑 텔레비전과 여행 프로그램을 번갈아보았다. 아프고 나서는 함께 여행을 간 적 없지만 요새는 날마다 놀러 다니는 기분이라며 노파가 웃었다. 노인은 다들 잘 아는 곳은 별로라면서 몰다인에 가고 싶다고 했다. 루마니아와 우크라이나 사이에 끼어 있는 작은 공화국인데, 세계 전도를 몇 번이나 훑어봐야 간신히 찾을 수 있을 정도로 작은 나라였다. 소영은 처음 들어봤다. 노인이 말한 다른 곳, 이를테면 키프로스나 안도라, 몰타, 몬테네그로도 마찬가지였다.

노파도 그곳이 좋겠다면서 맞장구치고, 노인이 신음과 분절된 소리로 한 말을 소영에게 일러주었다. 소영은 노인의 말을 전혀 알아듣지 못했다. 노인이 뭔가 말하면 노파가 그 말을 소영에게 전하는 식으로 대화했다.

여행 프로그램에 따르면 몰다인 사람들은 일어난 일을 그냥 받아들인다고 했다. 재앙을 좋아하거나 그런 일이 일어나기를 바라서는 아니고, 이번 일이 잘 안 풀리더라도 다음 생이 있고, 다음 생에서도 안 풀리면 그다음 생이 있다고 믿기 때문에. 행운을 누리는 시기와 불운에 시달리는 시기가 번갈아 나타나는 게 당연하니 모든 것을 그저 운수와 운명으로 여긴다는 것이다. 노인은 풍광이나 유서 깊은 건축물 때문이 아니라 그 때문에 몰다인에 가고 싶어 했다.

얘기를 듣는 동안 수만의 표정이 점점 굳어간다는 걸 소영은 뒤늦게 알아차렸다. 불가능한 여행을 상상하는 수만의 불쾌를 깨닫고 나서야 소영은 입을 다물었고, 이번생의 불운에 비관한 나머지 "내가 잘못했어" 하고 사과했다. 진심이었다. 소영이 보기에 수만은 명백히 불쌍해 보였고, 그렇게 생각한 것을 사과하고 싶었다.

　손금쟁이는 한 달에 두 번 정기적으로 방문했다. 그가 오는 날이면 노파는 노인이 누워 있는 이불을 잡아끌어 거실에서 안방으로 옮겼다. 문턱에 걸린 노인이 신음을 내뱉어도 그때만큼은 노파도 아랑곳하지 않았다. 소영 혼자서는 할 수 없는 일이었다. 간병인으로서 정부보조금을 받는 것은 소영이지만 실제로 노인을 돌보는 사람은 노파였다. 소영 역시 기관에서 수행하는 교육을 통해 몇 가지 실용적인 것을 배웠는데 노파보다 잘할 수는 없었다. 노인과 말하고 음식을 주고 몸을 닦아주고 약을 챙기고 간혹 주사를 놓는 일까지 모두 노파가 했다. 소영은 그저 옆에서 거들거나 노파의 말동무 노릇을 했다.
　노인은 마흔 직후부터 거동하지 못했다. 알 수 없는 이유로 갑자기 뇌 손상을 겪었고 운동 기능에 장애가 생겼다. 처음에 의사는 3년을 넘기기 어려울 거라고 했다. 3년이 지나자 이제는 다섯 해를 넘기기 어렵겠다고 했지만, 노인이 환갑이 되자 더는 그런 말을 하지 않았다.

손금쟁이는 자신이 나이가 많다는 걸 숨기지 않았다. 떠들썩하게 집 안으로 들어와 상석을 차지했고 별로 나이 차도 나지 않는 노파에게 반말을 했다. 한편으로는 계단으로 올라왔다고 자랑하며 젊은이 못지않은 건강을 과시했는데, 그것으로 자신이 늙었음을 드러냈다. 그는 올 때마다 소영을 훑어봤지만 말을 걸지도 인사를 받지도 않았다. 소영은 처음에 그가 노파의 학창 시절 선생인 줄 알았다. 선생님이라 부르며 잘 보이려고 쩔쩔매는 노파 때문에 그렇게 생각했다. 노파가 친구와 통화하는 것을 듣고서야 그가 손금쟁이라는 걸 알았다.

그가 돌아가고 나면 노파는 바로 친구에게 전화를 걸어 "선생님이 이렇게 말씀하셨어"로 시작하는 수다를 늘어놓았다. 주로 노인의 건강 문제나 아들의 사업 얘기였다. 투자에 관한 것일 때도 있었다. 노파는, 선생님이 투자 시기는 알려줘도 정확한 투자처는 가르쳐주지 않는다고 투덜댔다. 자연스럽게 들리는 통화 내용을 통해 소영은 노파가 자신에게 말해주지 않은 것들, 예컨대 그들의 아들이 술집을 운영한다는 사실이나 노인이 젊었을 때 무역업을 했고 전 세계 안 다녀본 지역이 없다는 것을 알게 되었다.

노파는 누구보다 그 사람 말을 믿었다. 손금은 운명 전체에 대한 조감도이자 각각의 인생에 대한 세밀화여서 전체와 부분을 함께 조망해야 하는데 선생이 바로 그렇게 운수를 풀어준다고 했다. 노파가 말하는 건강 상식이나 정치적 견해, 정치가의 성품이나 기업가의 인성 같은 얘기 역시 대개 그에게서 들은 것이었다. 노파는 자주 선생님이, 하고 운을 뗐다가 지나치게 인용한다 싶으면 잠시 멈칫하고는 아는 분이 한 말이라고 바꿔 말했다.

노파가 손금쟁이와 거실에 있는 동안 소영은 방에 노인과 단둘이 있었다. 노인은 기저귀를 찬 채 가쁜 숨을 내쉬고 늘 입을 벌리고 있다 보니 자주 침을 흘렸다. 제 뜻대로 안 되는 팔과 다리를 배려 없이 뻗거나 구부렸다. 냄새도 났다. 물휴지로 꺼림칙하게 치워진 분비물과 줄곧 사용하는 이불과 분리되지 않는 몸에서 나는 땀내, 희미한 약냄새 같은 것이었다. 소영이 무표정하게 있으면 노인이 긴장하는 게 느껴졌지만 내내 다정한 표정을 유지하기는 어려웠다. 다른 사람들이 노인을 본다면 짓게 될 표정, 안쓰러워하거나 신기해하는 표정을 짓지 않도록 주의했지만 계속 미소 지을 수는 없었다.

노인은 유난스럽게 굴거나 힘들게 하거나 뭔가 요구하지 않았다. 다만 계속해서 무슨 이야기인가 하고 싶어 했다. 소영이 알아듣지 못하는 걸 개의치 않았다.

늘 그게 이상했다. 노파가 노인의 말을 대번에 알아듣는 것이. 유향 신호와도 같은 노인의 뭉개진 발음에서 어떻게 매번 미세한 차이를 구분하는지. 호흡이 가빠지면 그마저 삼켜 들어가기 일쑤인데 말이다. 일종의 약속 같은 것일까. 수화나 모스부호처럼. 아니면 오래 함께 지낸 사이에서 생겨난 결속감 같은 것일까. 그렇더라도 이해하기 어려울 때가 있었다. 여행 프로그램을 보면서 노인이 말을 시작하면, 노파는 눈빛과 신음의 분절만으로 내레이터의 목소리를 품평하거나 음식의 맛을 묘사해서 소영에게 전달했다. 그 때문에 노인의 말을 전하는 게 아니라 그저 노파자신의 얘기를 한다 싶을 때도 있었다. 하지만 오래전 출장 다니면서 겪은 일이나 본 것을 말하면 노파 자신의 얘기라고 여기기는 힘들었다.

노인은 오늘따라 계속해서 소영에게로 팔을 뻗었다. 뭔가 끊임없이 말하고자 했고 알아차려주길 바랐다. 침을 흘리고 팔을 흔들고 가누지 못하는 목을 베개 위에서 조금씩 움직였다. 소영은 열심히 지켜보고 들었지만 매번 알아들은 것처럼 대꾸하기는 힘들었다. 노인의 말은 추측으로 알수 없고 명상을 통해서도 알아낼 수 없었다. 의미를 헤아리는 수고를 계속하다 보면 천장만 보고 누워 있는 수만이 떠올랐다. 수만에게 고마운 마음이 들었다. 적어도 수만은 퇴근하자마자 병원으로 온 소영에게 자기 얘기를 들어달라고 보채지는 않았다.

소영은 애써 노인을 응시했다. 노인은 최선을 다해 소영에게 뭔가 말하고자 했다. 눈동자의 움직임과 눈 깜빡거림, 높이를 달리하는 호흡과 힘들여 뻗은 손의 위치 같은 것으로. 소영은 거의 포기했다. 여러 번 반복되는 동작과 억양으로도 짐작하기 어려웠다. "아드님요?" 소영이 되는 대로 물었다. 노파와 노인이 가장 많이 나누는 얘기였다. 노인이 그것 말고 다른 이야기를 하리라고는 상상하기 힘들었다. 노인이 눈동자를 움직였다. 그렇다는 뜻 같았다.

그래도 그 말은 정확히 알아들었다. 소영이 "돈요?" 하고 되묻자 노인이 눈동자를 빠르게 움직였다. 그렇다는 뜻이었다. 소영은 노인이 팔을 뻗대는 쪽을 쳐다보았다. 서랍장 위에 오래된 바둑판이 있고 그 위에 커다란 원통 쿠키 상자가 있었다. 누군가 해외여행 기념품으로 사 왔음 직한, 드레스 입은 여자 그림이 얼핏 보이는 상자였다.

"저기요?"

노인이 이번에도 눈동자를 움직였다. 소영은 웃었다. 기껏해야 영수증이 들어 있을 녹슨 상자에 지나지 않았다.

"무슨 돈인데요?"

소영이 장난 삼아 물었다. 거실에 있는 노파가 들을 리 없는데 목소리가 작아졌다. 노인이 신이 난 듯 표정을 바꾸었다. 소영은 지켜봤다. 노인이 계속해서 팔을 뻗고 분주하게 눈동자를 움직이고 불명확한 신음을 몇 차례 내뱉어 의미를 전달하려는 것을. 아들 이야기가 계속되는 중에 돈 얘기가 나왔으리라 짐작했다. 노파와 노인은 자주 아들 이야기를 나누었다. 노인의 불만을 노파가 달랬다. 노인은 아들이 술집을 운영하면서 남자 종업원만 부리는 게 아님을, 여자를 부리고, 여자들의 몸을 만지고 뭐든 함부로 하는 사람임을 아는 것 같았다. 노파는 노인에게 아들이 얼마나 착한데 그러느냐고 타박했다. 주로 돈을 많이 벌어 치료비를 댄다는 얘기였다.

노인을 더 지켜볼 수는 없었다. 손금쟁이가 나가자마자 노파가 방문을 열어젖혔다. 손금쟁이는 집에 들어설 때면 시끄러운 소리를 냈지만 나갈 때는 기척 없이 빠져나가서 방심한 소영은 항상 놀랐다. 노파는 노인이 누워 있는 이불을 잡아끌어 다시 거실로 옮겼다.

노파가 자리를 정돈한 후 소영과 뭘 했느냐고 묻자 노

인이 짧게 뭐라고 대꾸했다. 소영은 긴장했다. 혹시라도 돈 이야기라고 하면 노파가 의아하게 생각할 수도 있었다. 언젠가 소영은 노파가 친구와 통화하면서, 정신 나간 남편이 무슨 말을 할지 모르니 간병인과 단둘이 두는 건 조심해야 한다고 단속하는 말을 들었다. 노파는 그 얘기를 하면서 목소리를 낮추지 않았다. 소영이 들으라고 한 말이었다.

"바둑 두기로 했어?"

노파가 소영을 쳐다보았다. 소영이 고개를 끄덕였다.

"다음에 두자고?"

노파가 의외라는 듯 소영을 쳐다보았다. 노파 역시 바둑 얘기는 소영과 노인이 절대로 나눌 수 없는 대화라는 걸 알고 있었다.

수만이 있는 병원으로 가면서 소영은 내내 그것을 생각했다. 쿠키 상자에 가득 든 돈을 상상하면 기분이 좋아졌다. 진실인지 아닌지 알 수 없고 소영의 것일 리 없는데도 그랬다. 보통의 경우와 달리 돈이 왜 쿠키 상자에 있는 걸까. 소영은 그 질문에 빠져 기계적으로 수만의 몸을 마사지해주고 욕창이 생기지 않도록 자세를 바꾸고 물에 적신 수건으로 닦아주었다. 오줌통과 휴지통을 비우고 수만이

미처 해결하지 못한 용변을 도와준 후 간단히 과일을 깎아 줄 때도 그 생각을 했다.

수만에게 상자 얘기를 하려다 말았다. 아무리 목소리를 작게 내도 허술한 커튼 한 장이 전부여서 다른 병상에 들리기 쉬웠다. 여러모로 오해받기 쉬운 화제였다.

소영은 짐작이 맞으리라 믿었다. 그간 노파가 친구들과 통화하면서 나눈 말이나 손금쟁이와 한 말 중에 그렇게 생각할 만한 얘기들이 있었다. 노파는 자주 상속세나 증여세 문제를 화제에 올렸다. 손금쟁이 말을 빌려 섣불리 돈을 움직이지 말아야겠다고도 했다. 예금이 잡혀 세 부담이 늘 것에 대비해 현금을 고스란히 쿠키 상자에 담아두는 것은 아닐까. 세금으로 환수당하느니 집 안에 쌓아두는 쪽을 택한 것이다.

어두운 집에 돌아오고 나서야 소영은 그 즐거움으로부터 간신히 빠져나왔고, 수만이 오늘따라 누구 잘못인지 묻고 김을 비난하는 말을 하지 않았다는 걸 깨달았다. 수만이 이제라도 알아차렸으면 다행이었다. 계속해서 그런 질문을 던진다면 어느 날인가 소영이 수만을 향해, 그렇다면 나는 누구 잘못으로 종일 간병을 하느냐고 되물을지도 몰랐다. 한번 묻기 시작하면 참을 수 없을 것이다. 이렇게 누워만 있게 된 것은 다른 누구도 아닌 전적으로 수만 자신의 잘못이라고 지적할 수도 있었다. 김을 만나야 할 일이 없었더라면 애당초 사고는 일어나지 않았을 테니까. 언제나 그랬듯 계약 전에 재무 상태를 확인해야 했다. 김의 아파트 문은 잠겨 있었고, 안에는 아무도 없었는데, 집을 지키듯 한참 기다렸다가 오후 늦게 발길을 돌린 것도 잘못이었다. 수만도 모르지 않을 터였다. 탄식하는 말투로 이게 다 누구의 잘못이냐고 물어보는 것에는 그게 다 자기 잘못이라는 통탄이 섞였을 터였다.

들뜬 기분은 다음 날 출근하고 나서야 깨졌다. 벨을 눌러도 문이 열리지 않았다. 전화 통화도 수월치 않았다. 한참 만에야 노파가 전화를 받았다. 그런 목소리는 처음이었다. 목소리만 듣고도 노파가 울고 있음을 알 수 있었다. 노인은 새벽에 위기를 겪었다. 노파가 잠깐 잠든 사이 노인에게 호흡 곤란이 왔다. 손금쟁이가 노인에 관해서라면 걱정할 게 없다고 말하고 돌아간 지 몇 시간 지나지 않아서였다. 손금쟁이의 장담대로 노인은 그간 의사의 비관적인 예측을 여러 차례 돌파해왔다. 곧 칠순 여행도 가겠다고 의사가 농담할 정도였다. 노인은 앞으로 호흡을 도와줄 의료 장치가 있는 병원에서 지내야 했다. 당분간이면 된다면서 노파는 헛되이 소영의 이름을 여러 번 불렀다.

소영 씨라고 부를 때 노인은 어떻게 호흡을 조절했을까. 고개를 좌우로 저으면서 눈을 마주치려 애쓰면 노인이 자신을 부른다는 느낌이 들었다. 가끔 노인은 웃는 소리를 냈지만 소영은 쉽게 맞장구치거나 함께 웃어주지 못했다. 웃는 건지 아파서 내는 신음인지 구별할 수 없어서였다. 노파는 함께 웃거나 노인에게 다가가 어디가 불편한지 물었다.

노파가 노인의 말을 어떻게 알아듣는지 내내 신기했는데, 이제는 알 것 같았다. 노파 역시 노인의 말을 모두 알아들은 건 아닐 것이다. 그저 노인의 말을 상상하고 추측하고 짐작해서 자신이 하고 싶은 말을 했으리라. 소영은 노인에게 묻고 싶었다. 자신이 그 말을 알아들은 것인지, 정말 돈 얘기를 했는지를. 그 말은 소영이 처음으로 이해한 노인의 말이었다.

다른 날보다 일찍 병원에 도착한 소영에게 수만은 어쩐 일이냐고 묻지 않았다. 기운 없이 잠깐 돌아보는 게 전부였다. 잠자코 있는 폼이 한바탕 중얼대며 김에 대한 분노를 쏟아낸 모양이었다. 소영은 퇴근 후에 병원에 오면 으레 하는 일들을 묵묵히 처리했다. 수만이 망을 보는 짐승처럼 조용한 눈으로 소영을 뒤쫓았다. 소영은 수만을 의식하면서도 중환자실에 누워 있는 노인이나 쿠키 상자 얘기를 하지 않으려 애썼다. 그 얘기를 듣고 자신이 느낀 이상한 희열과 노인을 향한 뜻밖의 친밀감을 수만에게 들키지 않을 자신이 없었다.

스스로에 대한 환멸 때문에 소영은 이제껏 미뤄두었던 질문, 그러니까 이것이 모두 누구의 잘못이냐고 수만에게 따져 물을지도 몰랐다. 그리고 말할 것이다. 노인이 밤새 위독해진 것, 노파가 종일 울게 된 것, 그들이 25년째 매년 텔레비전 프로그램으로만 여행을 떠난다는 것, 알고 보니 자신이 노파와 꼭 닮았다는 것에 대해서.

해야 할 모든 일을 마친 소영은 여느 때와 다른 두려움을 가지고 보조 의자에 앉았다. 육인실 문은 늘 열려 있어서 다급하거나 한가롭게 복도를 오가는 움직임을 지켜봐야 했는데, 그렇다 보니 노인 생각을 떨치기 어려웠다. 의식하지 못하는 사이 소영의 표정이 어두워진 모양이었다. 수만이 조용히 소영의 이름을 불렀다. 소영은 깜짝 놀라서 쳐다보았다. 다친 이후로 수만이 그렇게 부른 것은 처음이었다. 소영이 알아차리지 못한 실수를 지적하려는 것인지도 몰랐다. 수만은 아픈 사람 특유의 독선과 이기로

가득 차서 자신이 원하면 언제든 소영을 탓할 수 있다고
여겼다.

수만이 천천히 입을 열었다. 어제 오후 오랜만에 병문안
을 온 회사 동료 얘기였다. 근처로 외근을 나온 김에 병원
에 들른 동료가 말했다. 수만의 부실 계약으로 회사가 큰
타격을 받기는 했으나 따지고 보면 존립 자체가 위협받을
만한 일은 아니었다고. 그 정도의 리스크는 경영이라는 큰
흐름 속에 언제나 염두에 두어야 할 일이라고. 위로 삼아
한 말이었으나 그 얘기로 수만은 더욱 의욕을 잃었다. 그
렇게 크나큰 실수가 아니라면, 자신에게 벌어진 일이 다
뭔가 싶었다. 수만과 회사는 책임 분배 문제를 두고 오래
시간을 끌었고 수만은 결국 수긍했다. 억울해진 수만은 잠
적한 김을 찾는 데 시간을 썼고 수시로 아파트를 찾아갔고
그러다 중상을 입었다. 분한 마음이 들었는데, 그 생각을
털어놓지 못했다. 동료가 무심코 한 얘기 때문이었다. 동
료는 당연히 수만도 알고 있다 여겼는지 "참 안된 일이야"
하고 말을 이었다. 수만 자신에 대한 얘기이리라 생각했는
데 아니었다. 김에 대한 얘기였다.

경찰을 피해 도피 생활을 하던 김이 최근 발견되었다.
청주의 외딴 도로변에서였다. 문이 닫힌 차 안에서 번개탄

을 피운 정황이 드러났다. 빈 소주병 몇 개와 컵라면 등속의 쓰레기가 차량 바닥에 너저분하게 쌓여 있었다. 김은 운전석에 앉아 있었다. 부검 결과 사망한 지 8일 정도 지난 듯하다고 했다.

수만이 먹먹한 두 눈으로 천장을 보았다. 그간 수만은 김을 비난해왔다. 김이 모든 일에 책임을 져야 한다고 했다. 죽어 마땅한 인간이라며 부르르 떨었다. 몸이 멀쩡해지면 잠적한 김을 찾아내어 멱살을 잡아끌고 경찰서에 갈 거라고 했다. 보상과 사과를 받아야겠다고 했다. 김이 죽을 결심을 하고 그것을 실행에 옮기고 그 일에 성공한 지난 8일 동안도 수만은 그런 말들을 계속해왔다. 죽어도 싼 놈. 화를 참지 못해 무심결에 내뱉기도 했다. 무엇보다 그게 모두 진심이었다는 게 수만을 괴롭혔다.

소영은 잠자코 있었다. 당신 탓이 아니야. 그 말을 하고 싶었다. 입 밖으로 나오지 않았다. 그 말을 듣는다 해도 수만은 오래도록 자신의 말을 되새기고 또 되새길 것이다. 소영은 그저 힘없이 늘어져 있는 수만을 바라보았다. 또다시 알 수 없는 방식으로 인생에 속아 넘어갔다는 기분이 들었고 이것이야말로 누구의 잘못인가 하는 생각에 빠져들었다.

개
의
밤

개들이 너무 짖지 않는다.

지명은 잠든 아내를 깨우지 않도록 조심하면서 침대에서 몸을 일으켰다. 한번 그 생각에 사로잡히자 잠이 오지 않았다. 깊은 밤이라고는 하지만 지나치게 조용했다. 진입로 위쪽에 자동차 전용 도로가 있는데 차 소리도 들리지 않았다. 새벽 4시가 넘은 시각이었다. 쥐도 새도 심지어는 개도 차도 다 잠든 시간이라는 의미일까. 지명은 잠옷으로 입는 반팔 티셔츠 위에 후드 티를 겹쳐 입고 조용히 집을 빠져나왔다.

단지 내 도로는 텅 비어 있었다. 지명은 제 집을 멀찍이 서서 바라보았다. 분수에 맞지 않는 액수의 집을 사는 일로 오랫동안 장인의 비위를 맞춰왔다. 가끔 참을 수 없을 때가 있었는데, 완공된 집을 보자 다 괜찮아졌다.

타운하우스는 분양 당시 디자인 주택이라는 점 때문에 인기를 끌었다. 천편일률적인 아파트나 기성품 같은 주택에 질린 사람이 많았는지 주변 시세보다 비쌌음에도 청약률이 높았다. 지명이 이제껏 살아본 적 없는 크기의 집이었다. 이렇게 완벽하게 새것이고 덩치가 큰 물건이 제 소유라는 것에 가슴이 벅찰 지경이었다.

삼형제 중 막내였던 지명은 뭐든 형들의 물건을 썼다. 당연히 헌것이거나 유행에 뒤진 것이었다. 형의 이름이 사방에 적힌 사전이나 형의 취향으로 음악이 채워진 MP3, 형이 다니는 대학교 로고가 박힌 후드 티까지. 지명이 쓰는 물건이 자랑거리가 된 적은 없었다.

아내와 장모는 달랐다. 자랑할 만한 물건이 많았고 그것에 대해 말할 기회를 놓치지 않았다. 이 집도 그랬다. 지명은 모르는 사람들이 장모와 함께 집을 보러 왔고 주택 경향이나 건축자재, 시세 같은 이야기를 전문가처럼 나누었다. 지명은 불편했지만 내색하지 않았다. 자랑거리가 된다는 것, 그게 중요했다.

하지만 얼마 전부터 장모의 방문객이 뚝 끊겼다. 장모는 처남 일로 정신없었다. 지명은 고요한 생활에 안도하면서도 누구도 제 집을 알아봐주지 않아 서운했다. 물론 구석구석 자세히 뜯어볼 때마다 미장공이나 타일공, 목공의 실수가 보였다. 시세를 떠올려야 인부들의 무성의와 무능을 참을 수 있었다.

지명은 조용한 새벽 거리를 두 번 왕복했다. 며칠 전 13호 노부인이 들것에 실려 구급차를 타고 이 길을 빠져나갔다. 관리인에게 들었다. 아내에게는 말해주지 못했다. 관심을 가질 얘기였지만, 아내 역시 처남 일로 바빴다. 아내는 잠도 잘 못 잤고 식사도 자주 걸렀다. 낮에는 변호사와 함께 처남을 만나러 가거나 탄원서를 받으러 다녔다. 사람들을 만나 사정을 설명하고 처남을 변호하는 말을 했다. 의연하게 대꾸하려다가 뉴스 보도가 잘못된 것이라고 화를 냈다. 울먹이며 전화를 걸어오는 장모를 달래거나 같이 울었다.

13호에 경찰이 도착하자 주민들은 무슨 일인가 싶어 나와 봤다. 구급대원이 들것 두 개를 포개서 들고 집 안으로 들어갔다. 구급차가 떠나고 주민 중 하나가 모포 밖으로 빠져나온 노부인의 팔에 피가 묻어 있었다고 얘기했다. 관리인이 얼마 전부터 차림새가 좋지 않은 아들이 드나들었다는 말을 거들면서, 형편이 어려워진 아들이 벌인 짓이라는 소문이 돌았다.

"행색이 말이 아니었다니까요."

관리인이 목소리를 낮춰 지명에게 말했다. 그는 틈만 나면 그 일을 이야기하고 싶어 했다.

"그럴 수 있죠."

"그럴 수 있다뇨?"

지명의 대꾸에 관리인이 어이없다는 듯 되물었다.

"부모님 집에는 보통 편한 차림으로 다니잖아요."

"제가 그것도 구별 못 합니까. 있는 사람이 편하게 입은 건 금세 티가 나요."

"저는 티가 납니까, 안 납니까."

"그게 무슨 소립니까?"

관리인이 지명을 탐탁지 않게 쳐다보았다. 얘기한 걸 후회하는 눈치여서 지명은 슬며시 자리를 피했다.

13호 노부인을 본 적 있었다. 그녀는 자주 단지 내 공원을 산책했다. 아내는 그녀에게 공손하고 다정한 태도로 허리를 구부려 인사했고, 그녀가 지나가고 나면 작은 목소리로 몇 해 전 국립대를 퇴임한 교수라고 일러주었다. 마치 그게 상냥하게 구는 이유라도 된다는 듯.

지명은 소리를 내려고 슬리퍼를 질질 끌며 걸었다. 개

가 있는 집을 지나칠 때면 일부러 큼큼거렸다. 개들은 짖지 않았다. 마당이 아니라 집 안에서 자고 있다면 듣지 못할 것이다. 그래도 자동차 전용 도로에서 차 소리가 들리고 덩치 큰 차량이 지나가면 덜컹거리는 소리도 나고 바람이 목재 대문을 흔들며 넘나드는데, 개들은 왜 밤새 짖지 않을까.

지명은 해안가 별장처럼 흰색 벽에 푸른색 지붕을 얹은 18호 앞에 멈춰 섰다. 마당에 개집이 있었다. 거기에 덩치 큰 보더콜리가 누워 있는 걸 여러 번 보았다. 주인은 자주 마당에서 개와 놀았고 누군가 지나가면 보여주려는 듯 개에게 고무공을 던졌다. 개는 훈련받은 대로 공을 향해 내달렸다. 아내는 인사 삼아 개가 참 야무지다고 칭찬했고 지명에게도 알은체하라는 듯 눈치를 주었지만 지명은 무뚝뚝한 표정으로 잠자코 있었다.

바닥에서 손가락 두 마디 크기의 돌멩이를 주워 마당으로 던졌다. 개집을 맞히지는 않았다. 보안 시스템이 가동되고 있었다. 경보음이 울리면 곤란했다. 관리인은 많은 사람을 알았고 자기가 안다고 여기는 걸 말하기 좋아했다. 돌멩이가 포물선을 그리며 짧게 활공했다. 잘 자란 잔디가 돌멩이 떨어지는 소리를 감췄다. 그래도 예민한 짐승이라면 알아차릴 만한 소리가 났지만 여전히 조용했다.

지명은 이번에는 목재 대문을 흔들었다. 경첩이 느슨해서 삐걱대는 소리가 제법 크게 났다. 누군가 나와 보거나 경보음이 울리거나 개가 짖는다면 달아날 생각이었지만 아무 일도 없었다. 그는 다시 슬리퍼를 끌며 집으로 돌아왔고 소파에 앉아 개가 왜 짖지 않을까 생각하다가 잠이 들었다.

흔들어 깨우는 아내에게 지명은 간밤에 무슨 소리 못 들었느냐고 물었다. 아내가 무슨 뜻이냐고 묻듯 푸석한 얼굴을 살짝 치켜들었다.

"개소리."

아내가 대꾸 없이 식탁으로 가더니 바짝 마른 토스트를 베어 물었다. 지명이 쳐다보자 이리 와서 잠자코 먹기나 하라는 듯 고갯짓을 했다. 아내는 매사 그런 식으로 말했다. 오라고 손짓하거나 턱을 들었다 내리며 반문했다. 눈을 부릅떠 거부감을 드러내거나 틀린 걸 지적하려고 손가락으로 이마를 툭 밀었다. 지명은 그게 몹시 싫었고 여러 차례 화를 냈지만 그때마다 습관이어서 고치기 어렵다는 변명을 들었다.

아내를 이해하기 위해 지명은 매번 장인을 떠올렸다. 함께 고려해야 덩달아 납득되는 것이 있었는데, 아내의 가족이 그랬다. 장인은 목소리가 크고 화통했다. 화내는 것처럼 들렸다. 실제로 자주 화를 냈다. 장인은 스스로를 가리켜 아주 열심히 산 사람이라고 말했다. 스무 살이 되기 전 공구 제작 업체에서 일을 시작했고 15년 후에는 독립해서 직접 사업체를 꾸렸다. 장사가 잘됐지만 공장 규모를 늘리지 않고 버는 족족 부동산에 투자했다. 사업은 점차 기울어도 한번 불어난 부동산은 줄지 않았다.

그러는 동안 장인은 파트너를 두지 않았다. 장모는 공구 얘기는 하나도 몰랐고 부동산은 중개업자를 가리키는 말인 줄 알았다. 장인에게 부하 직원은 그저 시키는 일을 하는 사람이었다. 돈을 빌려달라거나 보증을 서라고 할까 봐 사람을 가까이 두지 않았고 어린 시절 친구도 만나지 않았다. 남에게 속지 않고 전적으로 제 노력과 판단에 의지해 재산을 불려온 셈이니, 스스로에게 확신을 갖지 않을 이유가 없었다.

"아침부터 개소리 말고 사람들한테 탄원서 좀 받아 와."

식욕이 없는 듯 접시에 빵 조각을 내려놓으며 아내가 말했다. 지명은 아내가 이어서 할 말을 짐작했고 예상대로였다. 아내는 요즘 들어 매일 똑같은 얘기를 했다. 지명을 제외한 온 가족이 느끼는 슬픔에 대해서, 처남이 얼마나 억울한지에 대해서, 처남이 미국 약학계에서 주목받는 전공을 선택하려고 고등학교 시절 얼마나 봉사 활동을 열심히 했는지, 졸업 후 미래가 창창한지에 대해서 얘기했다. 아내는 이 일로 동생의 앞길이 막혔다며 분통을 터뜨렸다. 지명은 아내의 말을 듣고 있다는 신호로 자주 고개를 끄덕였다. 긴 학교생활 동안 처남이 한 번도 친구들과 주먹다짐을 해본 적 없다는 것, 친구와 말로 다툰 적도 없을 만큼 순하고 착했다는 얘기까지 들어야 대충 끝날 터였다.

습관적으로 고개를 끄덕이던 지명은 유가족이 돈을 뜯으려 혈안이 되어 있다는 아내의 말에 얼굴을 들었다. 아내가 무심한 지명이 화제에 관심을 보인 데 반색하며 말했다.

"유가족 말이야. 당신이 좀 만나봐."

지명은 서둘러 고개를 저었다.

"당신 그런 거 전문이잖아."

지명은 발끈할 뻔했다. 지명이 하는 건 업무상 필요한 협의였다. 아내의 가족이 피해자에게 하려는 방식과는 완전히 달랐다.

교량 건설 중에는 종종 불의의 사고가 생겼다. 얼마 전

사고도 그랬다. 크레인이 끊어지면서 크레인에 연결된 상판이 아래로 추락했다. 누구도 원치 않았지만 그 사고로 누군가 죽었다. 상판에 깔린 건 아니고 상판이 떨어질까 봐 피하다가 그랬다. 우연한 죽음 뒤에는 몇 가지 문제가 남기 마련이어서 인사 담당자인 지명이 사후 처리를 맡았다. 현장 관리자가 직접 사고 수습에 나서기 어려워서 본사 소속인 지명이 도맡았다. 물론 다른 직원들은 그렇게 여기지 않았다. 애초에 그런 일을 맡기려고 지명을 채용했다는 것이다. 그런 줄도 모르고 장모는 지명이 회사에서 팀장이라도 하는 게 다 제 인맥 덕이라고 생색냈다.

"당신 동생 아니라는 거지?"

지명의 미온적 태도에 결국 아내는 불안과 두려움을 담아 신경질을 부렸다. 지명은 화를 내는 대신 능글맞게 웃었다. 과민한 사람이나 비관적인 사람, 방어적인 사람을 대할 때 지명은 비판하기보다는 동정했다. 그래야 관계가 원만해졌다. 아내와 논쟁할 생각이 없고 잘못된 생각을 교정할 마음도 없었다. 서로 이해해야만 가족으로 살 수 있는 건 아니다.

지명은 당연히 아내를 가족으로 여겼다. 자고 일어나 머리가 뻗치고 눈이 부은 아내가 사랑스러웠다. 아내가 미울 때도 함께 갔던 아름다운 곳을 떠올리면 금세 괜찮아졌다. 아내가 급성 장염에 걸려 응급실에 갔을 때는 눈물이 났다. 힘든 줄 모르고 밤새 간호했다. 아내가 우울할 때 우스꽝스러운 춤으로 웃겨주었고 아내의 납득할 수 없는 신경질에도 순하게 대응했다.

그러나 장모와 장인, 처남은 아니었다. 지명은 장모와 장인에게 늘 깍듯하게 굴었다. 직장 상사에게 하듯 존댓말을 썼고 화제가 끊기면 긴장하는 게 싫어서 관심도 없는 증시 현황이나 장인이 지지하는 정치인 얘기를 장황하게 늘어놨다. 외식 메뉴는 장인이 정했고 계산도 장인이 했다. 지명의 서재 책상은 장모가 골랐다. 지명은 잠자코 있었다. 취향을 내세우지 않아야 주는 사람을 기분 좋게 한다는 걸 일찌감치 배웠다. 아내보다 열한 살 어린 처남은 줄곧 외국에 있어서 얼굴을 본 게 채 열 번도 되지 않았다. 장인의 외모를 쏙 빼닮은 어린 처남을 처음 보았을 때는 반말을 하기 위해 용기를 내야 할 정도였다.

아내는 정말로 그렇게 믿는 체하면서 처남이 워낙 어려서부터 유학 생활을 한 탓에 한국 문화를 잘 몰라 빚어진 일이라고 했다. 그렇다면 오히려 군대에서도 자율과 존중을 강조하는 미국식으로 굴었어야 한다고 생각했지만 말하지 않았다. 처남은 중학교를 마치고 유학을 갔는데, 학교에서 심하게 왕따를 당해서라고 했다. 지명은 처음 듣는 얘기였다. 장인과 장모는 어린 시절부터 출중했던 처남에게 유학은 당연한 선택이었다고 말해왔다. 가혹한 기억만 가지고 떠났으니, 폭력이 이곳의 문제 해결 방식이라 여길 수 있다는 것이었다. 확신에 차서 얘기하는 폼이 아마도 그런 사정을 죄다 얘기하며 감정에 호소하기로 변호사와 상의한 것 같았다.

중학교 시절 얘기는 부러 끄집어낼 필요도 없었다. 그런 일을 겪었다 해도, 더한 일이 있었다 해도, 지속적으로 누군가를 폭행하는 사람이 된 것은 처남의 선택이었다. 과거와 상관없이 처남은 후임을 폭행하는 사람이 될 수도 있고 후임과 친구처럼 지내는 사람이 될 수도 있었다. 둘 중 어떤 사람이 될지 스스로 선택해서 지금에 이르렀을 뿐이다.

후임에게 가혹 행위를 지속하는 동안 처남은 휴가를 나왔고 빨리 제대해서 미국으로 돌아가고 싶다고 투덜댔고 소개팅을 했고 상대가 마음에 들지 않는다고 흉을 봤고 멀티플렉스에서 팝콘을 먹으며 블록버스터 영화를 봤고 텔레비전과 연결해 게임을 했고 쇼핑을 했고 늦게까지 이태원 일대를 쏘다녔고 장모와 장인에게 어리광을 부렸고 아내와 지명에게 형식적으로 용돈을 받아갔다. 그 모든 일을 태연하고 자연스럽게 했다.

환경적 요인이나 유전적 기질로 원인을 따질 수도 있겠지만 그건 일부일 뿐이다. 폭행 사실이 밝혀졌다는 건 평생 그런 식으로 살아왔다는 뜻이다. 한 번의 실수가 아니다. 아내의 가족이 처남이 피해를 본 듯 억울해할 때마다 지명은 그 얘기를 하고 싶었지만 참았다. 처가 식구들이, 지명이 자신들과 한편이 아니라고 생각해서 좋을 게 없었다.

아내의 한탄은 장모에게 전화가 걸려오고 나서야 멈췄다. 두 사람이 입맛 까다로운 처남이 밥이나 제대로 먹고 있을지 걱정하는 걸 듣고 지명은 집을 나섰다.

차창을 내리고 고요한 2차선 도로를 천천히 지났다. 주인이 정원에 물을 주고 개가 물살을 이리저리 피하고 있는 18호 앞에서 잠시 멈췄다. 아는 사람인가 싶었는지 주인이 물을 잠그고 지명이 탄 차를 빤히 쳐다보았다. 개는 주인 옆에 붙어 서서 순하게 꼬리를 흔들었다. 13호 노부인이 일을 당하는 동안에도, 그 집에 누군가 기웃거리는 동안에도 저 커다란 개는 짖지 않았을까. 주인이 호스를 내려놓고 차 쪽으로 다가왔다. 지명은 재빨리 차를 출발시켰다. 주인이 못마땅한 표정으로 쳐다보는 모습을 사이드미

러로 지켜봤다. 개도 기분이 나빴을까. 짖었을까. 알 수 없
었다.

회사에 도착하기도 전에 이사에게 호출을 받았다. 얼마
전에 있었던 사고 때문일 터였다. 지명은 다친 사람과 죽
은 사람, 생계가 막막해진 사람들 사이에서 인생을 허비하
고 있다는 막연한 두려움을 곧잘 느꼈고 그럴 때면 의심과
회의 속에서 업무를 방치했다. 그러한 결과로 매번 이사의
재촉을 받았다.

슬리퍼로 갈아 신으려던 지명은 책상 중앙 서랍이 오른
쪽으로 기운 것을 발견했다. 합판이 접촉면에서 떨어져 나
와 붕 떠 있었다. 그대로 두면 안에 든 물건이 쏟아져 나올
것 같았다. 지명은 주위를 둘러봤다. 누군가 이렇게 해놓
았다는 기색은 없었다.

출근 초기만 해도 이런 일이 잦았다. 어느 날 아침 지명
은 자신의 의자가 다른 높이로 맞춰진 걸 깨달았다. 다음
날은 본체와 연결된 키보드가 책상에서 보이지 않았다. 다
이어리가 사라진 날도 있었다. 마우스와 컵, 슬리퍼 같은
것들이 날마다 하나씩 없어졌다. 찾는 데 시간이 걸렸다.
사람들이 지켜보리라는 걸 알았지만 지명은 물건 찾는 일

을 포기하지 않았다. 사무실을 여러 바퀴 돌아서 기어이 찾아냈다. 마우스는 탕비실 싱크대 서랍에, 슬리퍼는 화장실 쓰레기통에, 다이어리는 회의실 서가에 있었다. 다른 층 탕비실에서 칫솔을 찾아 돌아왔을 때 직원 몇이 낮게 탄식하는 걸 지명은 똑똑히 보았다. 찾지 못한 물건은 없었고 그렇게 한 사람들도 서서히 흥미를 잃어갔다. 지명은 사람들의 반감을 이해했다. 별다른 경력도 없이 처가의 도움으로 채용되었고, 해고자를 정하거나 유족과 사고 보상액을 협상하는 게 주된 업무였으니까.

같은 일이 반복되는 걸까. 지명은 기분이 상했고 자신이 고립된 처지임을 다시금 확인했다. 즉각 총무부에 전화를 걸었으나 담당자가 아직 출근하지 않았다는 말을 들었다. 9시가 되기를 기다려 또 전화했고 얼마 후 별정직 직원이 연장통을 들고 왔다. 지명은 그가 책상 서랍을 꿰어 맞추는 과정을 지켜볼 생각이었으나 다시 이사의 호출을 받았다.

이사는 대뜸 장의 가족을 만나봤는지 물었다. 그러지 않았으므로 지명은 사고 소식을 듣고 조사해둔 장의 전날 행적을 길게 보고했다. 장은 밤 9시까지 일했고, 끝나고 동료들과 술을 마셨다. 거의 매일이다시피 소주 한 병 반을 마시고 취해서야 집에 돌아갔다. 만취한 다음 날의 사고라면 회사에 조금 유리했다.

"그거 말고는요?"

이사가 눈을 치뜨며 물었다.

"장의 아내가 입원 중입니다. 거기 꽃을 보내뒀습니다."

"얼마짜리 꽃입니까?"

이사가 물었다. 그의 질문은 종종 예측을 빗나갈 때가 있는데, 지금이 그랬다. 당연히 어디가 아프냐고 물을 줄 알았다.

"10만 원짜립니다."

"10만 원이면, 큰돈이에요."

이사가 말했다. 예상치 못한 말에 지명은 장의 노모 얘기는 꺼내지도 못하고 말뜻을 헤아리느라 시선을 떨구었다. 이사의 구두는 흠 하나 없이 잘 닦여 있었다. 험한 길은 한 번도 걷지 않은 신발처럼 보였다.

"이런 일은 선의로 해서는 안 된다는 생각이 들어요. 그거 나쁜 겁니다. 동정하는 거죠. 오히려 차별이 됩니다."

이사가 특별히 강조하는 부분도 없고 힘주어서 말하는 법도 없이, 차분하고 사무적인 투로 보상 얘기를 이어나갔다. 보상이라는 단어를 위로금이라고 바꿔 말하기도 했는

데, 강조하기 위해서는 아니고 확실히 해두고 싶어서인 듯
했다.

"최선을 다하겠습니다."

지명은 의례적인 말로 대꾸했다. 알아들었으니 그만 끝
내자는 뜻이었는데 이사에게는 그럴 생각이 없는 모양이
었다.

"결과를 보면 알겠죠. 최선을 다했는지 아닌지. 최선을
다한다는 게 과정인 줄 아는데, 그거 큰 착각입니다."

비난으로 위신을 세운 이사가 끝내 못마땅한 표정을 풀
지 않고 지명에게 그만 나가보라고 했다.

회의실에서 나오자마자 지명은 책상 서랍을 확인했다.
실망을 감출 수 없었다. 별정직 직원은 떨어진 접촉면을
원래 위치로 붙여놓긴 했지만 휘어진 합판을 그대로 두었
다. 지명은 멀찍이 떨어져서 어정쩡하게 다리를 구부리고
합판이 기운 정도를 확인했다. 사람들이 지켜보는 걸 알았
지만 휴대폰에 깔린 수평계 앱을 통해 합판의 기울기도 확
인했다. 수평이 맞지 않았는데 무척 사소한 차이여서 트집
잡기도 애매했다. 곧 부러질 듯 보였지만, 이 정도가 그의
최선인지도 몰랐다.

막 자리에 앉으려는데 장인에게 전화가 걸려왔다. 업무

중이라 받지 못했다고 하면 장인은 그놈의 회사 당장 때려치우라고 할 것이다. 지명은 할 수 없이 전화를 받았고 아내가 줄창 말하던 탄원서 얘기를 다시 들었다.

　장인은 한 번의 실수로 젊은이의 미래를 꺾는 일은 살인이나 마찬가지라고 목소리 높였다. 전화 통화여서 지명은 마음껏 인상을 찌푸렸다. 장인은 동료들에게 탄원서를 받아 오라고 지시했다. 잘 모르는 사람조차 억울하게 여길 사안임을 강조해야 한다는 것이었다. 처남을 전혀 모르는 회사 사람들에게, 사이가 좋지 않은 동료들에게, 툭 터놓고 술 한 번 마신 적 없는 사람들에게 탄원의 이유를 설명하고 서명을 위해 동정을 산다는 게 불가능하게 여겨졌다. 탄원이 소용에 닿으리라 생각해서는 아니고 순전히 지명의 방관을 질책하고 지명이 가족의 고통에 동참하지 않음을 비난하려는 뜻 같았다. 지명은 전화를 끊고 싶은 마음에 다 옳은 말씀이라고, 탄원서는 많을수록 좋지 않겠느냐고 기복 없이 대꾸했다.

　처가 식구들의 걱정대로 이 일로 처남의 장래는 완전히 바뀔 것이다. 그러나 다른 누가 그렇게 한 게 아니라 처남 스스로 그렇게 했다. 감당하고 정당한 처벌을 받아야 했다. 물론 그렇게 말할 수는 없었다. 처가의 도움이 아니라면 새집에 입주하지 못했고 직장을 잡지도 못했다. 지명은 은혜를 알았고 갚아야 한다고 여겼다. 그럴 능력이 없다면 적어도 비위는 맞춰야 했다.

퇴근하는 길에 주차장에 차를 세워두고 천천히 단지 안을 걸었다. 관리인과 두 번 마주쳤다. 처음에는 인사만 하고 지나가던 관리인이 두번째 마주치자 대뜸 경찰이 그 집 아들에 대해 물었다고 털어놓았다.

"행방불명됐대요. 뭔가 켕기는 게 있으니까 그랬겠지요?"

으스대는 목소리였다. 아들의 행색에 대한 지명의 의견에 반박하고 싶었던 것 같았다.

"개는 안 짖었답니까?"

"개요?"

관리인이 또 뜬금없이 군다는 듯 지명을 쳐다보았다.

"단지에 개가 이렇게 많은데……"

"이렇게 많은 건 아니고요. 여섯 마리죠."

관리인이 정정했다.

"여섯 마리나 되는데 한 마리도 짖지 않았다는 게 이상하지 않습니까?"

"이상하지 않습니다. 이런 태평한 동네에 개가 짖을 일

152

이 뭐가 있다고요. 짖었을 수도 있고요. 원래 그런 소리는 잘 안 들려요."

관리인이 그렇게 대꾸하고는 때마침 들어서는 승용차를 향해 거수하며 자리를 피했다.

지명은 집으로 들어서자마자 아내에게 노부인 얘기를 꺼냈다. 아내는 사람 죽인 얘기는 두 번 다시 듣고 싶지 않다며 화를 냈다. 이유가 있었다. 처남에게는 안 좋은 소식뿐이었다. 처남의 정신 감정 결과 지극히 정상이라는 결과가 나왔고, 검사를 통해 소견서가 판사에게 제출되었다. 미친놈, 미치지도 않았으면서. 지명은 속으로 중얼거렸다. 어떻게 제정신으로 사람을 7개월씩이나 지속적으로 때릴수 있지. 멍이 들지 않도록 담요로 돌돌 말아 발길질하고, 보이지 않는 곳을 라이터로 지지고, 식판에 침을 뱉고, 부하에게도 함께 때리라고 지시해가면서. 지명은 그 모든 사실을 신문을 보고 알았다. 아내는 억울하다고 할 뿐 그런 얘기는 하나도 해주지 않았다.

지난 휴가 때의 처남이 떠올랐다. 복귀 전날 함께 식사를 했는데, 처남이 지명에게 장가 잘 왔다고 이기죽거렸다. 지명과 아내는 그 말을 각기 다르게 해석했다. 지명은 처가의 도움을 받아 좋겠다는 뜻으로 들었고, 아내는 예쁘고 다정한 아내를 얻었다는 의미라고 주장했다. 지명은 허허 웃는 것으로 대답을 대신했다.

아내는 하루 종일 참았던 울음을 터뜨리고는 지명을 데리고 방으로 들어갔다. 서류 봉투를 내밀었는데 각기 다른 글씨로 씌어진 탄원서가 수십 장 들어 있었다. 장인이 비서를 통해 써둔 탄원서였다.

지명이 그것에 대해 뭐라고 말하기도 전에 아내가 손을 잡고 앉히더니 눈을 감으라고 했다. 서랍장 위에 그동안 보지 못한 십자가가 놓여 있었다. 아내가 중얼거리며 기도를 시작했다. 처남이 그간 얼마나 착한 아이였는지 털어놓고 나서 아내는 자신의 죄를 고백했다. 동생을 잘 돌보지 못한 것과 먼 곳에 있다는 핑계로 정서적으로 무심했음을, 그리하여 동생을 외롭고 상처받게 한 것을 회개했다.

지명은 감은 눈을 떴다. 고개를 조아리며 기도하는 아내에게 말하고 싶었다. 하느님은 아무도 벌하시지 않는다고, 우리를 벌하는 건 우리 자신일 뿐이라고, 지옥에 있는 사람들은 대개 자기가 선택해서 거기 있는 것이라고 말해주고 싶었다. 그렇게 하는 대신 아내와 잡은 손에 힘을 주었고 그럼으로써 아내가 정작 용서를 빌어야 하는 일에는 침묵하고 모든 것을 사죄함으로써 처남의 죄를 하찮게 만들어버렸음을 모르는 척했다. 아내에 따르면 모두의 인생에 죄가 있었다. 그러므로 아무도 죄가 없었다.

휴대전화가 울리자 아내는 기다렸다는 듯 서둘러 기도를 끝내고 지명의 손을 놓았다. 목소리가 다정하고 순하게 바뀌는 것으로 보아 친목 모임 사람 같았다. 아내는 모임 사람들의 우정과 충고에 많이 의지했다. 매월 모임을 가졌는데, 함께 연극이나 발레, 클래식 공연을 보고 호텔에서 와인을 마셨다. 아내는 그중 변호사와 처남 일을 상의했다. 모임 사람들은 모르게 할 생각이었던 듯한데 변호사를 통해 알려져서 번갈아가며 위로를 받는 중이었다.

지명은 아내가 친목 모임의 변호사에게 처남의 일을 어떻게 얘기했는지 알지 못했다. 그렇기에 변호사와 통화를 끝낸 아내가 잠깐 희망이 도는 낯빛으로 몇 가지 증빙 서류를 준비하면 괜찮을지 모른다고 한 말도 믿지 못했다. 아내는 많은 사실을 누락하고 얘기했을 것이다. 아니면 변호사가 뉴스에서 보도된 사건인 줄 알면서도 모른 척하거나. 아내 편을 드는 건 모임이 훼손되지 않기를 바라서이리라. 물론 그것이 진심인지는 알 수 없지만.

다음 날 오후 지명은 장의 아내가 입원한 병원으로 갔

다. 후배인 안과 동행했다. 안은 유머 감각 없고 고지식하며 복장이나 태도가 철저했다. 지명에게 지나칠 정도로 깍듯한 경어를 썼다. 이사는 노골적으로 지명을 못 미더워했고, 언제든 다른 사람에게 일을 넘길 수 있다고 압박하기를 즐겨 늘 동행을 붙였다.

장의 아내는 몸 여기저기 의료 기기를 달고 있었다. 손목과 대퇴부 동맥에 링거와 연결된 줄이 늘어져 있고 식염수, 진통제 같은 주사액이 계속 들어갔다. 장이 죽기 전부터 아팠다는 사실에 지명은 다소 안도했다. 지명은 몸이 퉁퉁 부어 있는 장의 아내가 드러누운 채로 남편의 죽음을 전해 듣는 장면을 상상하지 않으려 애썼다. 어쩌면 아직 누구도 그 말을 하지 않았을지도 몰랐다.

지명은 안이 들고 있는 비타민음료수 상자를 건네받아 냉장고 위에 올려두었다. 그저께 보낸 꽃은 보이지 않았다. 병실에 와 보고서야 꽃이 얼마나 어울리지 않는지 알 수 있었으나 회사 측에서 성의를 보였다는 영수증을 남기는 것이 중요했다. 보호자용 의자에는 보풀이 잔뜩 인 담요가 접혀 있었다. 장은 때때로 술에 취해 병원으로 퇴근해서 이 모포를 덮고 잠이 들었을 것이다.

내친김에 장의 집도 방문하기로 했다. 장의 어머니로 보이는 노인이 한참 만에 문을 열고 고개를 내밀었다. 지명이 회사에서 나왔다고 하니 고개를 숙여 여러 번 인사하고 문을 열어주었다.

두 사람은 주춤거리며 어두운 거실로 들어섰다. 한창 해가 비칠 시간인데도 집이 무척 어두웠다. 좁은 거실에 가득 쌓인 물건이 베란다를 통해 들어오는 햇빛을 막았다. 거실과 일자로 놓인 부엌은 살림살이를 죄다 바닥에 내려놓은 듯 정신없었다. 벽지의 낙서는 지워지지 않았고, 텔레비전 주위로 산 것과 죽은 것이 뒤섞인 오래된 화분이 빼곡히 놓여 있었다. 소파 천은 눈에 띄게 낡아 있었고, 좁은 현관에는 맑은 날인데도 대충 감아둔 우산 두 개가 세워져 있었다. 방정맞게 짖으며 뛰어다니는 개만 유일하게 생동했다.

노인이 마룻바닥에 주저앉아 멀뚱한 표정으로 두 사람을 올려다보았다. 지명은 노인 맞은편에 무릎을 꿇고 앉았다. 안이 쭈뼛거리며 지명을 따라 앉았다. 노인을 자극하지 말아야 했지만 그렇다고 잠자코 있을 수는 없었다. 지명은 장의 사고에 대해, 장이 그간 마신 술에 대해 심하다 싶을 정도로 상세히 설명했다. 노인은 여전히 입을 다물고 지명과 안을 번갈아 쳐다보았다. 왜일까. 돈보다 사과가 먼저다, 내 아들 목숨으로 장사할 생각 없다, 사람이 죽은 마당에 그깟 돈이 무슨 소용이냐, 돈이면 다냐, 너희 같은 큰 회사 놈들은 원래 그러냐 같은 뻔한 얘기를 왜 하지 않을까.

그런 얘기라면 얼마든지 들어줄 수 있었다. 고함과 경멸이 없으면 어색했다. 목숨을 두고 견주는 흥정이어서 분노의 시간을 거쳐야 민망함이 덜했다. 한쪽은 슬픔을 과시해서 거래처럼 보이지 않게, 한쪽은 배려와 위로처럼 보이도록 자연스럽게 굴 필요가 있었다. 그래야 늘 해오던 대로 합의가 경제적으로 얼마나 이득인지 술술 늘어놓을 수 있었다. 생각나는 대로 말하거나 감정에 호소하는 게 아니라, 수치를 보여주고 차액을 따져가며 말이다.

회사 사람들이 지명을 매상무라고 부르는 데는 다 이유가 있었다. 건설회사다 보니 심심치 않게 사고가 발생했는데, 지명은 어떻게든 사고 당사자의 잘못을 찾아내서 회사 측 보상 범위를 줄였다. 지명은 현장 근무자보다 안전 수칙을 정확하게 외웠고, 감정적, 육체적 피로 누적도가 사고에 미치는 영향을 철저히 조사했다.

피해자 가족에게 위로금 액수를 납득시키려면 피해자가 어떤 안전 수칙을 어겼는지, 전날 술을 얼마나 마셨으

며 점심시간에는 반주를 얼마나 했는지, 감정적 피로 상태
가 어떠했는지 알려줘야만 했다. 평소 근무 태도와 동료들
의 평판, 가족 이외의 사적인 관계도 까발렸다. 멱살을 잡
히거나 따귀를 맞거나 때로는 물벼락을 맞았다. 이런 줄
모르고 시작한 일이지만, 알고 난 후에도 관두지 않았다.

안은 비장한 표정으로 앉아 있었다. 그 표정을 보자니
지명은 안이 이 자리를 통해 배우는 게 있어야 한다는 생
각이 들었다. 그간 지명이 감내한 굴욕이나 대가를 치러야
겨우 성사된 거래를 보여주려는 게 아니었다. 안의 인생에
는 멸시하는 장인이나 사고를 저지른 처남 같은 사람이 없
고 죽은 사람 몫의 비용을 두고 흥정할 일도 없겠지만, 내
몰려봐야 자신이 어떤 사람인지 깨달을 기회를 얻을 것이
다. 왜 사람은 성격 차이나 정치적 견해, 나쁜 결과를 초래
한 실수 때문이 아니라 염치와 수치 때문에 화를 내게 되
는지 말이다.

개가 노인 품을 파고들었다. 노인은 기계적인 손놀림으
로 개를 쓰다듬었다. 지명이 위로금 얘기를 꺼냈다. 안을
의식하자 뜸 들이고 싶지 않았다. 매정함을 탓하듯 안이
지명을 지그시 쳐다보았다.

노인이 개의 발바닥을 쓰다듬다가 고개를 들었다. 욕을

먹겠거니 생각했는데, 노모가 활짝 웃으며 자리에서 일어섰다. 그 바람에 개가 노모 품에서 빠져나왔다. 지명은 달려오는 개를 잡아 안았다. 부드럽고 따뜻한 발바닥을 만져주자 개가 기분 좋은지 작게 소리 냈다.

노인이 뭐라고 중얼거리면서 같은 자리를 맴돌기 시작했다. 지명은 슬쩍 옆으로 비켜섰다. 노인은 한참 제자리를 맴돌다가 멈춰 서서 두 사람을 노려보았고 어느 순간 가까이 서 있는 안에게 다가갔다. 안이 부축하려고 손을 내밀었다. 노인이 힘을 주어 안을 안았다. 안이 놀라서 몸을 빼려고 했지만 노인은 놔주지 않았다. 지명은 개를 품에 안고 뒤로 더 물러섰다. 안이 노인에게 잡힌 채 울상을 하며 지명을 불렀다. 노인이 안의 팔을 물려는지 입을 벌리고 고개를 조아렸다. 안은 힘을 주어 노인과의 거리를 유지하려 애썼다. 깡마른 노인을 쉽게 떼어낼 수 있을 텐데 안은 악력 쓰는 일을 망설였다.

지명은 품으로 파고드는 개를 높이 올렸다가 손의 힘을 풀었다. 바닥에 떨어진 개가 잠시 낑낑거렸으나 이내 중심을 잡고 어두운 부엌 쪽으로 달아났다. 노인은 안과 부질없는 다툼을 계속하고 있었다. 안이 도와달라는 듯 불렀으나 지명은 모른 척 밖으로 나와버렸다.

얼마 지나지 않아 안이 허겁지겁 장의 집을 빠져나왔다. 안은 노인을 힘껏 떼어냈을 것이다. 노인의 작고 마른 몸을 물건처럼 내동댕이쳤을지도 몰랐다. 안이 항변하듯 담배를 꺼내 물고 분이 풀리지 않는지 욕설을 중얼거렸다.

차에 올라타고 나서야 안은 안심한 표정을 지었다. 지명은 안전벨트를 매는 안에게 불쑥 서류 봉투를 내밀었다. 안이 봉투 안에 든 것을 확인했다.

"이걸 왜 저한테 주십니까?"

"사인해줬으면 해서요."

"모르는 사람입니다."

"억울한 일을 당한 사람은 많잖아요."

"억울해요?"

다급히 대꾸하느라 깍듯한 경어를 포기한 안이 지명을 쳐다봤다.

"랜디 존슨 압니까? 메이저리그 좌완 투수요."

"빨리 회사로 갑시다."

"랜디 존슨이 어느 날 선발 출전 경기에서 직구를 날렸는데 그게 홈플레이트를 날아가던 비둘기에 명중했어요. 그 공이 95마일이었습니다. 비둘기가 어떻게 됐겠어요?"

"무슨 얘기가 하고 싶은 겁니까?"

"어느 비행 물체가 비행 중에 시속 150킬로미터에 달하는 물체에 맞을 확률은 2백억분의 1이랍니다. 상식적으로는 결코 일어날 수 없는 일이죠. 하지만 명백히 그런 일이 일어나요. 어디서나, 누구에게나 일어날 수 있어요."

"무슨 소리예요? 이 일이 그렇다는 거예요?"

"그렇게 생각하면 마음이 편하다는 겁니다."

"불편합니다."

"사람은 도움이 필요한 사람을 뿌리치기도 합니다."

안이 잠자코 지명을 노려보았다.

"물론 도와줄 때가 훨씬 많아요. 사람이니까요."

"이런 사람을 도울 순 없어요."

안이 단호한 표정을 지었다. 안은 모를 것이다. 지명이 먼저 자리를 피하는 방식으로 안이 한 짓을 눈감아주고 혼자 수치를 감당하게 했음을. 안다고 해도 결코 고마워하지 않을 테지만.

안은 지명을 쳐다보지 않으려고 부자연스러울 정도로 정면을 응시했다. 얼마간 시간이 흐르자 안이 큰 소리로 욕을 내뱉었다. 그제야 지명은 마음이 편해졌다. 정당한 대가를 치른 기분이었다. 욕을 먹어야 하는 일에는 어쨌든 욕을 먹어야 했다. 그래야 열심히 산 탓이라고 가장할 수 있었다. 너무 안도감을 느낀 나머지 안과 동료가 된 기분이었다.

안이 탄원서를 꺼내 주민등록번호를 적고 결재란에 하듯 반듯하게 이름을 적어 넣었다. 지명은 안에게 받은 탄원서를 가방에 넣었다. 안이 인사도 없이 차에서 내렸다. 지명은 앞쪽으로 걸어가는 안을 불러 세웠다.

"아까 그 개요, 짖었습니까?"

"뭐요?"

"바닥에 떨어질 때 짖었냐고요."

안이 대꾸 없이 걸음을 옮겼다. 지명은 차의 시동을 걸었다. 개가 짖었다 해도 잠깐에 불과했을 것이다. 무엇보다 개가 짖었다고 해서 무슨 일이 벌어졌다는 느낌이 들지는 않았을 것이다.

잔
디

남편은 제조사 담당자와 통화하고 있다. 잔디가 엉망이 된 마당에 서서 햇빛 때문에 얼굴을 잔뜩 찡그린 채로. 무심코 그 모습을 보다가 나는 깜짝 놀란다. 그는 힘을 주어 잔디를 밟아 으깨고 있다. 그게 누군가의 얼굴이라도 된다는 듯. 밟고 있는 잔디의 숨이 죽자 다른 곳으로 발을 옮겨 짓이기기를 계속한다.

정기적으로 잔디를 깎아주고 웃자란 잡초를 뽑아주면 괜찮던 마당은 좀이 슨 것처럼 볼썽사납다. 대문에서 현관으로 이어지는 납작한 디딤돌 주위는 잔디가 전혀 자라지 않아 누런 흙이 그대로 드러나 있다. 제초제를 뿌린 자국을 따라 마당에는 얼룩덜룩 잔디가 돋아 있고 제법 볕이 잘 드는 현관 앞쪽으로는 키 큰 잡초가 무성하다.

남편은 전화기에 대고 약을 구입한 농약사의 위치와 이름, 살포 시기와 분량을 되풀이해 말한다. 간혹 제초제 포장지에 적힌 성분 표시, 그러니까 글리포세이트 같은 걸 말하기도 하는데 잘못 말하거나 더듬거리는 법이 없다. 그는 이미 여러 차례 같은 얘기를 했다. 만약 내게 전화기를 건네준다면 나 역시 똑같이 말할 수 있다. 나는 질릴 만큼 그 얘기를 들었다. 제초제를 구매하고 살포한 사람은 모두 남편이다. 항의를 시작한 것도 남편이다. 그러는 동안 그는 내게 상의하지 않았다.

마당에 문제가 생기자 남편은 가장 먼저 종로의 농약사를 찾아갔다. 지난겨울 거기서 제초제를 구입했다. 주인은 남편의 얼굴을 잘 기억하지 못했다. 근방에서 가장 큰 농약사이고 단골도 있지만 뜨내기 손님이 많은 곳이다. 남편이 항의하자 주인은 대뜸 제조사 대표 번호와 소비자 상담실 번호를 일러줬다. 떨떠름한 표정을 짓는 남편에게 주인은 아예 땅을 갈아엎는 게 낫다는 충고도 들려줬다.

집에 돌아오자마자 남편은 농약사 주인이 일러준 대로 제조사의 소비자 상담실에 전화를 걸었다. 자동 음성 안내를 지나 담당자를 확인하기까지 용건을 되풀이하느라 시간이 걸렸는데, 담당자와 연결된 후에도 처음부터 다시 설명해야만 했다. 그러는 동안 시종 차분했으나 담당자가 입제와 액제라는 말을 알아듣지 못하자 남편은 자제력을 잃고 "당신 하는 일이 뭐야?" 하고 반말로 물었다. 기세에 눌린 담당자가 업무를 맡은 지 얼마 되지 않았다고 털어놓았다.

"회사가 작다 보면 그럴 수 있어요."

남편은 아량 있게 대꾸했다. 담당자의 반응이 궁금했는데, 화를 내지는 않은 것 같았다. 남편이 느긋한 표정으로 업무 파악 후 다시 연락하라고 가르치듯 말하고 전화를 끊은 걸 보면 그랬다. 남편은 사람이라면 누구나 규모가 크고 안정된 조직과 지위를 선호하기 마련이라고 주장했다. 내키지 않는 조건에도 근무하는 사람이 있다면, 그건 단지 능력이 부족해서라고. 조직이 작으면 이직자가 많고 직무 변경이 잦아 근무자의 업무 숙련도가 낮으리라 여겼다. 냉정한 말이지만 틀린 말은 아니다.

며칠이 지나도 담당자는 전화를 걸어오지 않았다. 남편은 기다렸다. 그러는 동안에도 볼썽사나운 마당에 아침마다 물을 주고 잡초를 부지런히 뽑았다. 마치 그게 유일한 할 일인 듯. 꼭 일주일을 기다렸다가 다시 제조사로 전화를 걸었다. 담당자는 출장 중이었다. 남편은 조금 안도했다. 담당자가 자신을 무시해서가 아니라 외근 중이라 전화를 걸지 않았기 때문이다.

다음 날 근무 시간이 되기를 기다려 남편이 전화했다. 담당자의 한숨이 수화기를 통해 들려왔다. 남편은 한숨을 쉬지 않았다. 그는 이 일을 걱정거리로 여기지 않았다. 해결 가능한 일이라 생각했다. 담당자는 업무에 쫓기는 와중에 불쑥 걸려오는 항의 전화를 상대해야 하지만 남편에게는 시간이 얼마든지 있었다. 그는 몰두할 거리가 필요하다. 나는 남편이 마당을 혹은 잔디를 찾아냈다고 생각했는데, 아니다. 그가 찾아낸 것은 담당자다. 그는 언제나 사람에 관심이 많다. 약하고 결정권이 별로 없고 불리한 위치에 놓인 사람에게. 남편은 그런 사람에게 희망이 있다고 말했는데, 그들을 계도할 수 있다는 의미이다. 영락없는 선생이다.

남편은 평교사로 시작해 착실히 승진 가산점을 받아왔고 5년 전 교감이 되었다. 지난해 초에는 교장 승진 대상자에 포함되어 연수를 받았다. 퇴직자가 있으면 곧 그 자리에 교장으로 발령받아 가게 될 것이다. 그는 벌써 교장이 된 듯 몇 가지 결심을 말하고 다녔다. 수업 시간에 복도를 결코 어슬렁거리지 않겠다는 게 그중 하나였다. 평교사

시절 교장이 교실 창을 힐끔거리면 공연히 화가 나 학생에게 탓을 돌린 적이 많았다. 운동장 조회를 대폭 줄이고 연병장 스타일의 교사(校舍)를 바꾸겠다고도 했다. 건물을 다시 짓는 건 불가능할 테니 교사 외벽에 조형물을 부착하는 식으로 고리타분한 직사각형의 건물에 변화를 주겠다고. 그 일을 하는 데 돈이 들 거여서 남편은 벌써부터 방법을 궁리하고 있었다.

얼마 전 남편은 오랜만에 외출했다가 자정 무렵 수학 주임에게 업혀 돌아왔다. 술에 취해 누군가에 이끌려 집으로 돌아온 건 처음이었다. 축 늘어진 남편을 거실에 눕히고 나서야 나는 주임과 인사를 나누었다.

"원래 이러시는 분이 아닌데요."

주임이 말했다. 그럼 어떤 분이냐고 물으려다 관두고 대신 아무 일도 아니라고 덧붙였다. 아무 일도 아니라는 말. 남편이 자주 쓰는 말이었다. 주임이 나를 힐끔 쳐다보고는 대꾸 없이 마당으로 시선을 돌렸다. 나는 어색해진 분위기를 풀 요량으로 실은 잔디 때문이라고 둘러댔다. 그럴듯한 이유를 생각해내자 마음이 조금 편해졌다. 주임이 웃음을 터뜨렸다. 그는 술을 마시면서 내내 그 얘기를 들어야 했다.

"원래 교감 선생님이 뚝심 있으시잖아요."

나도 따라 웃었지만 뚝심이라는 말을 집요하다는 말로
바꿔 들었다.

바닥에 누워 정신 차릴 기미가 없는 남편을 방으로 옮
기려고 이수를 불렀다. 여러 번 불러도 이수는 방에서 나
오지 않았다. 한때 수학 주임은 이수를 가르쳤다. 남편은,
이수가 수학에 완전히 흥미를 잃은 게 이 주임 때문이라고
생각했다.

"자나 보네요."

주임이 민망한지 그렇게 말했다. 그러기에 적당한 시간
이지만 이수는 자고 있지 않았다. 남편이 술에 취해 도착
하기 얼마 전 그 애는 오줌을 누고 방으로 들어갔다. 이수
는 학교에서 돌아오면 방에만 틀어박혀 있고 보란 듯이 방
문을 잠근다. 방에서는 게임을 한다. 총을 난사하는 소리
와 폭탄 터지는 소리, 건물이 무너지는 소리와 다친 사람
들의 비명이 들려온다. 아마 또래 대부분 그런 게임을 할
것이다. 이수만 특별히 그러는 건 아니다.

남편이 몸을 꿈틀거리자 주임이 그 참에 흔들어 깨웠다.
남편이 힘들게 눈꺼풀을 들어 올렸다. 정신을 차리려고 여
러 차례 눈을 깜빡였다. 민망해하며 수학 주임을 보내고

나서 남편은 술이 좀 깨는지 거실에 앉아 마당을 노려보았다. 수상한 게 있기라도 하듯 시선을 떼지 못했다.

그간 마당에는 제초제를 사용하지 않았다. 볕이 잘 드는 편이어서 굳이 약을 치지 않아도 잔디는 제법 잘 자랐다. 웃자란 잡초를 뽑는 게 번거로워도 고될 정도는 아니었다. 시간이 남아돌자 남편은 잡초가 지나치다고 생각하기 시작했다.

제초제는 농약사에서 권해준 것인데, 비선택성으로 잔디는 안 죽고 잡초의 성장만 억제한다고 했다. 발아 전 제초제여서 굳은 땅이 녹기 시작할 2월 초 남편이 직접 살포했다. 사용 설명서에 천 제곱미터에 4킬로그램의 농약을 살포하라고 되어 있어서 백 평 정도되는 마당에 총량의 3분의 1에 해당하는 약 1.3킬로그램을 살포했다.

잔디가 싹을 틔우면서 문제가 드러났다. 일단 성장이 시원찮았다. 싹이 보일락 말락 하더니 서툰 이발사가 머리를 밀어놓은 것처럼 듬성듬성해졌다. 어떤 곳은 아예 나지 않았다. 어떤 곳은 조금 싹을 틔우고 어떤 곳은 웃자랐다. 약이 살포된 흔적이 땅에 고스란히 드러났다. 무엇보다 잡초가 무성히 잘 자랐다.

담당자는 질문을 반복하며 진을 빼놓을 작정인 것 같지

만 남편은 지치지 않고 같은 대답을 반복했다. 담당자는 처음의 어리숙한 태도를 버리고 시종일관 남편을 무시했다. 그걸 어떻게 확신합니까? 정말 용법을 준수했습니까? 어떻게 증명할 겁니까?

담당자는 사용자의 부주의로 그런 일이 자주 벌어진다는 입장을 고수했다. 농약 때문에 생기는 일은, 설혹 실수로 그걸 마시고 목숨을 잃는다 해도 사용자의 책임이라는 게 제조사의 입장이다. 이해되는 일이다. 농약 때문에 발생하는 모든 문제에 제조사가 책임져야 한다면 책임질 것이 너무 많아진다.

담당자는 제초제 사용 시기나 용량에 문제가 있으리라고 지적했다. 사용자가 기억하는 건 실제와 다를 수 있지 않겠느냐고도 했다. 남편은 책상 위 캘린더를 사진 찍어 그에게 전송했다. 캘린더에는 해당 날짜에 검정 펜으로 **제초**라고 적혀 있었다. 사진을 받아본 담당자는 뒤늦게 캘린더에 일정을 추가했을 가능성이 있다고 말했고, 제초라고 씌어진 것을 제초제 살포일로 볼 수 없지 않느냐고 반문했다.

지금 캘린더는 없다. 남편이 치웠다. 버린 것은 아니고 다른 곳에 넣어두었다. 책상에는 서랍이 두 개 있는데 그

중 한 곳을 잠글 수 있다. 정교한 잠금장치가 아니어서 쇠자를 밀어 넣고 여러 번 시도하면 서랍이 열린다. 얼마 전 남편이 외출한 사이에 그렇게 해봤다. 궁금한 게 있어서였다. 메모가 많은 캘린더에서도 답을 찾을 수는 없었다. 남편에게 물어봐야 소용없었다. 어떤 질문에도 남편은 똑같이 대답했다. 그 문제에 있어서 그는 그러기로 작정했다. 아무 일도 아니야. 그게 다다. 그 간명한 요약으로 알 수 있는 건 아무것도 없다.

별 소득 없이 통화를 끝내고 남편은 완강한 표정으로 마당을 노려보았다. 잠시 후에는 혹시 있을지 모를 분쟁에 대비해 책상에 앉아 방금 나눈 통화의 녹취록을 작성했다. 반복해 들으며 담당자의 말을 받아 적고, 웃음이나 한숨, 수화기 건너편에서 들려오는 신발 끄는 소리 같은 것을 괄호 안에 표시했다.

제초제 때문에 땅은 돌처럼 단단하게 굳어 있다. 어렵게 싹이 튼 잔디는 누렇게 말라간다. 보상을 받는다고 토질이 달라지거나 잔디가 기운을 낼 리 없다. 농약사 주인 말대로 아예 흙을 바꾸는 게 낫겠지만 남편은 그 충고를 귀담아듣지 않는다.

다음 날의 통화에서 담당자는 믿음직한 증거를 제출하

라고 했다. 사용 시기나 용량에 문제가 없다는 증거를 보여야만 보상이 가능하다. 담당자는 캘린더 같은 개인적 기록은 증명이 되지 못한다고 누차 얘기했다. 그게 의미 있으리라 생각하는 건 남편뿐이다.

"목격자가 있으면 됩니까?"

남편이 전화기를 든 채 나를 보며 물었다. 그게 누구를 가리키는지 깨닫기도 전에 남편이 갑자기 전화기를 건넸다. 얼떨결에 전화기를 받아 들자 담당자가 내게 누구냐고 물었다. 아내라는 말에 피식 웃는 소리가 들렸다. 담당자는 가족을 동원해 뭔가 증명하려 드는 데 질렸음을 숨기지 않았다. 기가 죽지만 뜻밖에도 남편에 대해 말하고 싶어졌다.

막상 무슨 말부터 꺼내야 할지 몰라 우물쭈물하다 일단 남편이 시간을 잘 지키는 사람이라고 말했다. 제초제 살포 시기를 특정하는 데 유리할 것 같아서였다. 담당자는 입을 다물었다. 무슨 얘긴지 들어나 보자는 의미일까. 나는 조바심이 나서 남편은 제시간에 약을 먹으려고 식사 후 타이머를 맞춰둔다고 말했다. 담당자가 웃는 소리가 들리는 것 같지만 실제 그는 아무 반응이 없었다. 더 얘기하지 않는 게 낫다는 생각과 달리 어쩐지 입이 다물어지지 않았다. 나는 비로소 그간 남편에 대해 무척 얘기하고 싶었음을, 누구에게라도 말하고 싶었음을 깨달았다. 아무도 그간 내가 남편에 대해 아는 것을 말할 기회를 주지 않았다.

일상적으로 하는 일에 별로 오차가 없는 사람이 있는데, 남편이 그렇다. 그는 기상 알람이 울리기 10분 전 스스로 일어난다. 곧장 부엌으로 가서 올리브 오일을 한 숟가락 따라 입에 머금는다. 그런 채로 거실에서 스트레칭을 한다. 10분이 지나면 그제야 울리는 기상 알람을 끄고 누렇게 변한 오일을 뱉어내고 샤워한다. 그가 입에 머금었다가 뱉어낸 오일을 본 적 있다. 오일의 순도와 점성을 완전히 잃어 탁하고 진득해진 액체. 그걸 빤히 보고 있는 내게 남편은 밤새 입안에 고인 독소 때문에 그렇게 된 거라고 변명하듯 말했다.

남편이 중학교 교감이라는 것, 평교사 시절부터 매일 7시면 학교에 도착해 수위와 함께 교문을 연다는 것도 얘기했다. 남편은 오래전 단 한 번 교문 여는 일을 못했는데, 버스 정류장으로 가는 사거리에서 교통사고가 일어나서였다. 남편은 그 사고를 비교적 가까운 거리에서 목격했다. 허름한 코트 차림의 남자가 검은색 승용차에 치였는데, 승용차는 남자의 안위를 살피지 않고 그대로 달아났다. 몇 사람이 있었지만 모두 황망해하는 사이 그렇게 되었다. CCTV가 많지 않던 때여서 몇 달간 사거리에 목격자를 찾는 현수막이 걸려 있었다. 남편은 바빴고 경찰에 진술할 적당한 때를 놓쳤다. 다른 목격자들이 있으니 괜찮을 거라고 말했다.

남편이 못마땅한 표정을 짓더니 전화기를 달라고 다급하게 손짓했다. 나는 고개를 돌렸다. 아직 할 말이 남아 있었다. 남편이 겸손한 사람이라는 말도 해야만 했다. 그는 얕은 담장을 사이에 둔 이웃에게 친절하고, 나이 어린 상점 주인에게 결코 반말을 쓰지 않는다. 점원에게 언성을 높이지 않고 부당한 요구를 하거나 모멸감을 준 적도 없다. 무엇보다 이수와 잘 어울리는 아빠였다. 이수에게서 컴퓨터 게임을 배워 함께 PC방에 가기도 했다. 이수와 같은 편을 먹거나 서로 겨누었다. 게임만 하려 드는 이수를 야구장이나 농구장에도 데리고 갔다. 이수와 남편이 손을 잡고 어깨를 걸고 낮은 담장을 지나 떠들썩하게 대문을 열어젖히는 순간, 그 찰나의 활기와 결속감을 나는 무척 좋아했다.

어떤 말에도 대꾸하지 않는 담당자에게 나는 남편이 교감이라고 다시 얘기했다.

"교감이라면서 왜 허구한 날 저한테 항의 전화만 해대십니까?"

"지금 정직 중이거든요."

내가 얼른 덧붙였다. 남편의 얼굴이 굳었다. 그가 전화기를 달라고 할까 봐 시선을 돌리고 담당자가 왜 정직 중인지 물어주기를 기다렸다. 나는 대답할 기회를 놓치지 않을 작정이었다.

"그렇게 학생들을 열심히 가르쳤으니 당연히 제초제 사용은 서투르시겠네요. 그렇죠? 제초제는 이번이 처음이죠?"

담당자는 쉽게 본분을 잊지 않았다. 그의 질문을 바란 것은 실수다. 남편이 전화기를 빼앗았다.

"오죽하면 이러겠습니까."

남편은 논리적으로 설득하기를 포기했다. 담당자는 호락호락하지 않았다. 손해를 배상받으려고 묘책을 생각하는 사람이 너무 많고 그런 사람들에게 쉽게 넘어가지 않겠다는 다짐을 숨기지 않았다. 전화를 끊은 남편이 아무 말 없이 방으로 들어가버렸다. 내게 화를 내지는 않았지만 그건 참기 때문이지 화가 나지 않아서는 아니었다.

다음 날 남편은 전화를 걸어 제발 한번 와서 잔디를 봐

달라고, 보면 마음이 달라질 거라고 사정했다. 이 정도로 엉망이 된 걸 보면 얼마나 억울한지 알게 될 거라고. 계속되는 애원에 마음이 조금 약해졌는지 담당자는 그러겠다고 약속했다. 남편은 무척 고마워하며 전화기를 든 채로 상대에게 보일 리 없는데도 고개 숙여 인사했다. 드디어 말이 통했다며 기쁨을 감추지 못했다.

남편은 활기를 띠었다. 오랜만에 이수와 함께한 식사 자리에서 세상에는 어디에나 잘못을 함께 고쳐나가려는 사람이 있기 마련이라고 얘기하기도 했다. 남편 맞은편에 앉은 이수는 어떤 반응도 보이지 않고 시선을 돌리지도 않고 밥만 욱여넣었다. 남편은 언제나 이수에게 교훈을 주고 싶어 했다. 하지만 이수는 스스로 배웠다. 자기가 본 것과 들은 것을 생각하고 의미를 헤아리고 판단할 줄 알았다. 이수를 어리다 여겼고 나이보다 어린 줄 알았지만, 아니다. 남편은 대꾸 없는 이수를 서운한 듯 쳐다보지만 더 말을 잇지는 않았다. 그는 앞으로 이수에게 "아무 일도 아니야"라고 말하지 못할 것이다. 이수가 얼마 전 제발 그렇게 말하지 말라고 부탁해서다.

모처럼 태평한 시간이 흘러갔다. 남편이 전화를 붙잡고 있거나 녹취록을 작성하거나 멍하니 마당을 바라보거나 남아 있는 잔디를 발로 짓밟는 일이 없다는 뜻이었다.

담당자가 방문하기로 한 토요일이 되자 남편은 분주히 움직였다. 남은 제초제의 무게를 정확히 달아놓았다. 사용 시기와 사용 방법 등 이미 수차례 유선상으로 얘기한 내용을 문서로 정리해두고 엉망이 된 마당을 사진으로 찍어 인화해뒀다. 모두 담당자에게 줄 것이었다.

약속 시간이 가까워오자 귀한 손님을 마중하듯 대문가를 서성였다. 이웃 남자가 지나가자 남편은 다정하고 친밀한 태도로 인사했다. 남자가 마주 인사하며 날씨 얘기를 꺼냈다.

"올여름은 벌써부터 지독합니다."

"그러게 말입니다. 사람이 살 만한 날씨가 아니에요."

남편이 맞장구쳤다. 바람 한 점 불지 않았다. 정오가 되기도 전에 높이 치솟은 태양이 들끓었다.

"선생님 얼굴이 좋으시네요."

남편이 잡초 뽑기를 열심히 해서 그렇다고 유쾌하게 대꾸했다. 남편은 영문 몰라 하는 남자를 마당으로 들어오게 하더니 잔디를 보여줬다. 남자는 마트 이름이 찍힌 비닐 봉투를 양손 가득 들고 있었다. 무겁겠다 싶은데 역시나 바닥에 슬며시 봉투를 내려놓았다. 나는 남자에게 간단히 인사를 건넸다.

"잔디가 이 모양이라니, 정말 환장할 노릇이네요."

이웃 남자의 말에 남편이 반색했다. 남편은 세상에 얼마나 부당한 일이 많은지, 정당한 사과와 보상이 요원한지 한탄을 늘어놓았다. 남자가 그래도 안색이 좋으시다는 말로 서둘러 이야기를 끝내려는데도 남편은 눈치 없이 굴었다. 얘기가 길어지자 남자가 슬그머니 바닥에 내려둔 비닐봉투를 집어 들었다. 남자는, 남편이 왜 허구한 날 잔디나 신경 쓰는지 궁금하지 않을까.

"남편은 요즘 밤낮으로 잡초만 뽑아요."

나는 큰 소리로 이웃 남자에게 일러줬다. 남편이 나를 흘깃 보더니 설명이 필요하다고 느꼈는지 휴직 중이라고 목소리를 낮춰 덧붙였다. 말이 더 이어지는데 내가 있는 곳에서는 잘 들리지 않고 남편의 말에 남자가 걱정스러운 표정을 짓는 게 보였다. 나는 조바심이 났다. 어째서 남자는 말을 꺼낸 내게 묻지 않을까.

"그래도 쉬엄쉬엄 하십시오. 건강이 최곱니다."

남자가 그렇게 말하고 봉투를 들고 돌아갔다. 그 얘기로 남편이 둘러댄 말을 짐작할 수 있었다. 건강 때문이라니. 영 거짓은 아니었다. 남편은 압박감을 느꼈는지 탈모와 복통을 겪었다. 지금은 괜찮다. 오래가지 않았다.

남자의 말대로 올여름은 지독할 것이다. 벌써부터 맹위를 떨치는 더위 얘기가 아니다. 남편과 나는 여름 내내 함께 지내야 한다. 이수가 집에 머무는 시간도 늘 것이다. 우리는 타는 듯한 더위 속에서 가급적 마주치지 않으려고 공간을 나누고 시간을 조절하며 소소하게 서로를 배척할 것이다.

약속 시간이 됐지만 담당자는 오지 않았다. 전화도 받지 않았다. 여러 차례 남긴 문자메시지에도 답하지 않았다. 본래 무리한 약속이며, 오늘은 근무일이 아니라고 말해줘도 남편은 화를 삭이지 못했다. 남편이 생각하기에 담당자는 반드시 약속을 지켜야 하고 정중히 사과해야 하고 책임감을 가지고 이 일을 해결할 의무가 있었다. 남편은 아예 길가로 나가 기다리다가 가망 없이 시간이 지나버린 후에야 대문을 닫아걸었다. 잠자코 소파에 앉아 활짝 열린 창으로 얼룩덜룩 잔디가 엉망이 된 마당을 내다보았다. 눈물은 보이지 않지만 그가 울고 있는 것처럼 보였다.

근무일이 시작되자마자 남편이 전화를 걸었는데 이제는 담당자와도 쉽게 연결되지 않았다. 담당자는 매번 회의 중이거나 잠깐 자리를 비웠다. 어느 날은 출장을 갔다. 남편은 분통을 터뜨리지만 전화를 받은 상대는 차분하게 담당자가 없다는 말만 되풀이했다. 그때부터 남편은 전화를 받는 사람이라면 누구라도 가리지 않고 화를 냈다.

그런 일이 계속되다가, 어제 남편은 울분을 참지 못하고 경상도에 있는 제조사까지 다녀왔다. 담당자를 만나지는 못했지만 오늘 담당자가 스스로 전화를 걸게 만들었다.

담당자는 이제 남편을 교감 선생님이라고 부른다. 남편은 사실 그 호칭에 마음이 약해진다. 그 호칭은 남편에게 체면과 수치를 상기시킨다. 수화기를 통해 흘러나오는 담당자의 목소리는 달래는 투다. 담당자는 자신에게 방문의 의무가 없음을 설명하고, 보상 조항을 또박또박 읽어준 후 해당 사항이 없으므로 앞으로는 일절 전화에 응대하지 않겠다고 사정하듯 말한다.

"내가 대단한 보상을 요구했습니까. 마당이 이 지경이 됐는데 어떻게 미안하다는 말 한마디 안 합니까."

나는 깜짝 놀란다. 남편이 그런 말을 하리라고 생각해본 적이 없다. 내가 빤히 쳐다보는데도 남편은 자신이 방금 무슨 말을 했는지 잘 모르는 눈치다. 사과가 쉽지 않다는 걸 남편은 잘 알고 있다. 그건 잘못을 인정하고 책임을 지겠다는 뜻이다. 어떤 책임은 모든 걸 요구한다. 그러므로 사과는 손해다. 가진 걸 잃고 수치를 감당해야 한다. 그럴 바에야 비굴하게 구는 게 낫다고 생각하는 사람이 있다.

담당자는 만약 문제를 계속 제기하려면 상위 기관인 소비자 보호원을 통하라고 일러준다. 남편은 대꾸 없이 전화를 끊지만 화를 참지 못해 멀쩡한 잔디를 짓밟아 으깬다.

처음에 남편은 혼자서 처리하려고 했다. 학교에서 벌어진 일이므로 남편 뜻대로 되었다면 굳이 내게 알릴 필요가 없었을 것이다.

"누구 전화예요?"

퇴근해서도 누군가와 통화하는 일이 잦아지고 통화를 끝내고 나면 얼굴이 납처럼 무거워지는 걸 보고 어느 날 내가 물었다. 남편이 천천히 나를 봤다. 당황한 건지 겁먹은 건지 알 수 없지만 문제가 생긴 걸 직감할 수 있는 표정으로. 내게 털어놓아야 하는 곤경이 담겨서인지도 몰랐다.

"아무 일도 아니야."

남편은 대답이 충분치 않은 걸 안다는 듯 뜸을 들이다 덧붙였다.

"착오가 있나 봐."

그렇게 말하며 남편은 양손을 꽉 움켜쥐었다. 손이 떨리는 걸 보여주고 싶지 않은 것이다. 나중에 나는 그 장면을 계속 떠올리고, 움켜쥔 손 때문에 남편은 자신이 한 짓을 잘 알고 있다고 확신한다.

얼마간 시간이 지나자 남편이 내게 간단히 얘기해주었다. 무급이 시작될 테니 더는 입을 다물지 못했을 것이다. 모든 걸 말하지 않았음을 알 수 있었다. 남편은 해도 될 법한 것만 얘기했다. 그러고는 빈틈이 많은 허술한 이야기에서 주의를 돌리려는 듯 잘 해결될 거라는 말을 반복했다. 나는 몹시 화가 났다. 너무하다고 생각했다. 남편은 그런 사람이 아니다. 호의는 왜곡되기 마련이다. 의도가 선하다고 해서 항상 결과가 옳은 것도 아니다. 그런 줄도 몰랐으니 남편은 얼마나 어리숙한가.

연애 기간과 결혼 기간을 합하면 우리는 24년을 함께했다. 인생의 절반에 가까운 시간이 흐르는 동안 많은 일을 겪었다. 간혹 인생이 남긴 유일한 친구가 남편이 아닐까 하는 생각이 들 정도로 서로 의지했다. 이수의 출산, 친정 부모의 장례, 시부모의 병환 같은 가족의 생사뿐 아니라 여러 현실적 문제를 함께 해결했다. 집값을 알아보고 시세를 고려해 마당이 있는 단독주택을 짓고 건축 당시의 사소한 실수들로 몇 해에 걸쳐 집을 수리했다. 아직도 화장실의 배수는 잘 해결되지 않았다. 이수가 다닐 학교를 고르는 일과 빚으로 남은 시부모의 상속을 해결하는 일도 했다.

그런 특별한 일보다 우리가 더 많이 겪은 것은 의미 없이 흘러간 지루한 시간들이다. 우리는 기억에 남지 않을 하루하루를 함께 보냈다. 별처럼 반짝거리는 순간만 인생인 것은 아니니까. 봄날의 지열처럼 미지근한 나날이 오히려 내가 생각하는 인생에 가깝다.

남편 모르게 임시교사를 찾아간 적이 있다. 그러기까지 조금 시간이 걸렸다. 연락처를 알아내야 했고, 마음을 먹고도 상당히 주저했다. 전화를 걸거나 집으로 방문할 생각은 애당초 없어서 우연을 바라느라 여러 날 배회하며 시간을 헛되이 썼다.

그러던 어느 저녁 무렵, 아파트 단지 밖으로 나오는 임시교사를 보았다. 임시교사는 낡은 트레이닝복 차림에 머리가 부스스했다. 집에만 틀어박혀 있다 나온 것 같았다. 빼빼 마르고 피부가 창백해서 다소 신경질적으로 보이는 인상인데, 실제로 한 남자가 끈 달린 개를 데리고 가자 싫은 티를 내며 멀찍이 피했다. 보행 중 담배를 피우는 사람이 보이면 눈에 띄게 코를 손으로 틀어막고 담배 연기를 피해 흡연자를 앞장서 가려고 뛰었다. 한마디로 뭐든 싫은 건 꼭 드러내는 타입 같다. 임시교사는 근처 카페에서 커피를 사서 천천히 마시며 내키는 대로 조금 걸었다. 커피를 다 마시고 나서는 할인마트에 들러 줄이 선명한 수박과 시금치와 케일을 샀다. 나는 임시교사가 계산대에 올려둔 것을 보고서야 수박이 나오는 계절임을 알아차렸다. 우리는 아직 올해 나온 수박과 참외를 먹지 않았는데, 볼썽사나운 잔디만 보면서 무더위를 견디고 있는데, 임시교사는 제철 과일을 먹고 건강을 고려해 채소까지 골고루 챙겨 먹는다고 생각하니, 두려운 기분이 들었다.

임시교사는 짐이 무거운지 다소 천천히 아파트 쪽으로 걸었다. 갑자기 멈추어 서거나 두려워 주저앉거나 놀란 듯 벌컥 소리를 지르거나 불안에 떨며 주위를 돌아보는 법 없이, 한가하고 늦은 오후를 즐기는 걸음으로 그렇게.

임시교사의 뒤통수를 바짝 쳐다보며 걷다가 나는 갑자기 뒤돌아선 임시교사와 부딪혔다. 나는 한 걸음 물러나 임시교사를 빤히 쳐다봤다. 가까이에서 보니 매주 교회에 다닐 것 같은 인상이었다. 빠지지 않고 예배에 참석하지만 뒷줄에 앉을 것 같은 사람, 남들이 찬송가를 부를 때 겨우 입이나 뻐끔거릴 것 같은 사람이었다. 나는 임시교사가 사과하기를 기다리며 서 있었다. 임시교사는 아무 말 없이 나를 지나쳐 왔던 길로 뛰어갔다.

나도 뛰었다. 얼마 안 가 임시교사를 따라잡았다. 수박을 들고 뛰기는 아무래도 어려우니까. 임시교사의 어깨를 툭툭 쳤다. 임시교사가 성가신 표정으로 나를 돌아봤다.

"이봐요, 왜 부딪히고도 그냥 가요?"

"죄송합니다."

임시교사가 재빨리 사과했다.

"급해서 그랬어요. 휴대전화를 놓고 온 게 갑자기 생각나서요. 죄송해요. 정말 죄송합니다."

임시교사는 고개를 숙여 다급히 인사하고 다시 할인마트를 향해 뛰었다.

이런 일로 만나지 않았다면 나는 사과를 받고 상냥하게 웃어주었을 것이다. 미안해하지 말고 얼른 가보라고, 부디 휴대전화가 그대로 있기를 바란다고 말했을 것이다. 애당초 사과를 받기 위해 뛰는 일도 없었을 것이다. 나는 똑바로 서서 뛰어가는 임시교사의 뒷모습을 노려보았다.

임시교사를 보고 있지만, 실은 임시교사에 대해서는 더이상 생각하지 않았다. 임시교사가 휴대전화를 찾지 못해도, 더 한 것을 잃어버렸다고 해도 나는 결코 그녀를 생각하지 않을 것이다. 대신 우리가 잃은 것을 생각했다. 그것을 어떻게 되찾을지 궁리하고, 못 찾는다면 없는 채로 어떻게 살아갈지 생각했다.

남편에 대해 잘 알 만큼 오래 살지 않았다는 생각도 했다. 이제는 남편이 상대와 화제에 따라 다르게 행동하는 사람이라는 걸 받아들여야 할 것이다. 나 자신에 대해서도 마찬가지다. 50년 가까이 살아왔지만, 나를 툭 치고 가는 임시교사에게 분노를 느끼는 인간이 될 줄 몰랐다.

언젠가 남편이 보낸 문자메시지를 본 적 있다. 남편이 마당의 잡초를 거칠게 뽑아대는 동안 휴대전화는 거실에 무심히 놓여 있었다. 오래전 것은 지워졌고 최근에 보낸 문자메시지가 몇 개 남아 있었다. 천박하고 속된 욕설로 가득 찬 문자였다. 나는 여러 번 그 문자를 읽었다. 남편은 임시교사에게 겁을 주고 싶었던 모양이고, 나는 겁을 먹었다.

나는 결코 남편에게 임시교사 얘기를 꺼내지 않는다. 하지만 남편은 알아차린 것 같다. 어딘가 달라진 나를 빤히 쳐다보는 시간이 늘었다. 남편은 좋은 해결책이 생기리라는 기대를 완전히 버리고 포커꾼처럼 군다. 변명이나 해명을 하는 대신 내가 무엇을 알아챘는지 살피려고 주시하고 눈치를 본다.

아무 일도 아니라는 말. 남편의 얼굴을 마주하기 힘들 때마다 나는 그 말을 중얼거린다. 그러고 나면 런던의 한 뮤지엄에서 본 조형물이 떠오른다. 남편과 나는 방학이면 함께 여행을 다니고 항상 미술관에 들른다. 조형물은 정면에서 보면 철사와 고철류를 아무렇게나 길쭉하게 뭉쳐놓은 덩어리이지만 벽에 비친 그림자는 곱슬머리 남자의 옆모습이다. 남편은 그 조형물을 잠자코 응시하더니, 쓰레기를 뭉쳐두니 사람이 되었다며 씁쓸하게 웃었다. 어떤 얼굴은 어둠 속에서야 모습을 드러내는 법이다.

종종 문자메시지에서 본 욕설이 떠오른다. 담당자와 통화하며 억울한 표정을 짓는 남편을 볼 때, 길에서 어떤 남자가 툭 부딪히고도 사과하지 않고 가버릴 때, 계산하려고 내려놓은 물건을 슈퍼마켓 계산원이 무심코 바닥에 떨어뜨릴 때, 그럴 때면 욕을 욱여넣기 위해 입술을 깨무는 기분을 느껴야 한다.

이수도 알고 있다. 우리가 나누는 얘기를 들었다. 지금은 조심하지만 처음에는 그러지 못했다. 남편은 변명하거나 해명하고 싶어서 그 얘기를 꺼내고 나는 대꾸하지 않았다. 그런 내게 남편은 종종 자제력을 잃었다. 자신을 어떻게 생각하는 거냐고 소리치며 싸늘하게 구는 나를 탓했다.

드디어 소비자 보호원과의 통화도 끝난다. 남편의 표정은 잔뜩 굳어 있다. 그것으로 내용을 짐작할 수 있는데도 남편은 통화한 내용을 굳이 전해준다. 보상이 가능한데, 그러려면 약제로 인해 피해를 보았다는 증거를 제출하고 사용 설명서에서 요구한 대로 정량을 사용했다는 증거도 함께 제출하라는 말이다. 피해 사실을 최대한 입증해야만 최소한의 보상이 가능하다는 뜻이니 제조사 담당자의 말과 크게 다르지 않다.

남편이 힘없이 두 팔을 늘어뜨리고 마당을 내려다본다.

"마당이 이 꼴인데 나보고 증명하라니······"

내가 잠자코 있자 뭔가 느꼈는지 서둘러 농담을 덧붙인다.

"국과수에 도움을 청할 걸 그랬지?"

이제는 포기한 모양이라고 생각하는데, 남편이 갑자기 울음을 터뜨린다. 화장실을 가려고 나온 이수가 불안한 눈빛으로 우리를 번갈아 쳐다본다. 나는 이수를 향해 억지로 웃어 보인다. 이수가 못 본 척 가려고 해서 나는 얼른 그 애를 붙잡는다.

"아빠가 힘들어서 그래."

이수는 차갑게 손을 뿌리친다.

"힘들지 않으면 이상한 거죠."

이수가 나를 똑바로 쳐다보며 대꾸한다. 우리가 이수를 낳았다는 것이 그 애가 우리를 이해한다는 의미가 아니라는 걸 나는 자주 잊는다. 다시 방으로 들어가버리면 그 애는 웬만해서는 나오지 않을 것이다. 이수는 제 아빠를 비겁하다고 생각한다. 아니다. 이수는 나를 비겁하다고 생각한다. 어쩌면 제 아빠보다 더 야비하다고 여길지도 모른다. 이수가 모르는 게 있다. 이수가 영리하긴 하지만 다 아는 건 아니다. 남편이 늘 비겁하고 비열했던 건 아니다. 한때 그는 자존감 높고 매사 정당하게 굴었다. 이수의 미움 앞에서 나는 남편에게 경멸을 넘어서는 일시적인 동지애를 느끼기도 한다.

자주 원망하는 마음이 든다. 남편이 아니라 임시교사에게. 그런 생각이 들면 아찔해진다. 남편은 사과하지 않았다. 부인했고 아무 일도 아니라고 하다가 막판에는 기억나지 않는다고 말을 바꿨다. 어째서 남편이 아닌 임시교사가 원망스러운가를 생각하면 나는 참을 수 없다. 그건 남편이 왜 수치를 느끼지 못하는 사람인지, 발뺌하는 사람인지, 자신이 저지른 일의 결과로 겪어야 할 일을 두고 억울하다거나 부당하다고 말하는 사람인지 헤아리는 것보다 훨씬 쉽기 때문이다.

남편은 울음을 그친다. 보기 싫게 난 잔디 쪽으로 걸어간다. 흙이 드러나 있는 마당을 외로운 아이처럼 발로 찬다. 흙먼지가 조금 피어오른다. 아무리 애써도 잔디는 자라지 않을 것이다. 농약사 주인 말대로 흙을 새로 갈아엎는 편이 낫다. 그 일에는 아무래도 시간이 걸릴 것이다.

마당 한가운데서 천박하고 상스러운 욕설이 크게 들려온다. 등을 구부리고 잡초를 뽑고 있는 남편이 내뱉었다고 생각했는데, 아니다. 남편이 두려운 얼굴로 나를 쳐다보고 있다. 고작 욕을 내뱉은 건 나다.

월
요
일
의　한
담

유는 갓 부서 배치를 받은 진에게 자신을 유능한 대리라고 소개했다. 진은 웃지 않고 앞으로 잘 배워나가겠다고 공손히 대꾸했다. 유가 진에게 명함을 건넸다. 명함에 유능한이라고 씌어져 있었다. 진은 그제야 조금 웃었다. 유가 제 형의 이름은 유명한이라고 하자 진은 좀더 크게 웃었다.

유는 진에게 사무실 사람들의 커피 취향도 알려줬는데, 설탕과 크림을 모두 넣는 사람이 넷이나 있었다.

"요새 누가 이렇게 마시냐고?"

진이 묻지도 않았는데 유가 반문했다.

"일을 하다 보면 옛날 사람이 되기 쉬워."

유가 대꾸했다. 진은 이번에도 입을 다물었다.

"알겠어? 일만 하면 금방 옛날 사람이 된다고."

진은 말을 못 알아듣고 자기도 옛날식 커피를 좋아한다고 웅얼거렸고, 한동안 그 일로 유에게 놀림을 받았다.

진은 술에 취하면 같은 말을 반복했다. 진에게는 좋지 않은 시기였다. 급하게 술을 마셨고 얼마 마시지 않아 취했다. 그러고 나면 늘 똑같이 굴었다. 같은 말을 반복했고 참으려는 의지 없이 눈물을 쏟았다. 누구에게나 그런 시기가 있었다. 진에게는 그 무렵이었다.

유는 술주정하는 진을 상당히 잘 받아주었다. 진이 취하면 사람들은 일찌감치 피해버렸는데 유는 그렇게 하지 않아서 둘이 남을 때가 많았다. 그러면 진은 기다렸다는 듯그 여자 얘기를 꺼냈다. 없으면 못 산다면서 울었다. 엎드려 졸 때에도 같은 말을 웅얼거렸다. 진은 결혼한 지 3년되었고 유는 그보다 오래되었다. 유는 엎드려 있는 진의 어깨를 두드려줬다. 사랑은 시도 때도 없이 찾아온다는걸, 진에게도 마찬가지라는 걸 안다는 듯. 자신에게도 그런 사람이 있었다는 말은 하지 않았다.

유는 좀 힘들어졌다. 거의 매일 퇴근 후에 진이 이끄는 술집으로 갔는데, 허름한 모양새와 달리 가격이 비싸서 계산을 할 때면 깜짝 놀라곤 했다. 진은 늘 술에 취했고, 몸을 가눌 수 있을 때에도 유에게 기대며 비틀거렸고, 계산할 무렵이면 늘 엎드려 있었다. 실제로 잠든 적이 많았겠지만 시늉만 할 때도 있었다. 계산이 끝나면 벌떡 일어나서 택시를 잡으려고 길가로 나가 열렬히 손을 흔드는 걸 보면 그랬다. 유가 택시를 잡아 진을 태우고 기사에게 차비를 쥐어 보내기도 했다. 유는 선배였고 사수여서 그럴 의무가 있다고 느꼈다.

얼마 지나지 않아 진은 울지 않게 되었다. 없으면 못 살 것 같던 여자와는 완전히 헤어졌다고 했다. 아내가 그 일을 모르고 넘어간 게 다행이라고도 했다. 은행에 다니던 진의 아내는 그 무렵 승진했고, 집과 거리가 먼 지점으로 발령 나면서 무척 바빠졌다.

하지만 회사 사람들에게는 알려졌다. 진의 술주정을 들은 누군가 회사에 퍼뜨렸다. 여직원들이 진을 멀리했다. 누군가 대놓고 소문의 진위를 직접 물었는데, 진은 당연히 부인했다. 당사자의 부정으로 진의 일은 짐작으로만 나돌았다. 그런데도 사람들은 자주 진의 인생에 재판관이 된 듯 굴었다. 진이 참지 않으면서 문제가 생기기도 했다. 업무 실수와 지연을 두고 상사에게 지적받았다. 동료들의 모임에서 배제되었다. 그런 일을 겪으면서 진은 눈에 띄는 행동을 삼가고 색다른 의견을 제시하지 않고 관행대로 업무를 처리하는 데 익숙해졌다.

유와도 사이가 나빠졌다. 진이 오해했다. 유가 떠벌리고 다녔다고 생각했다. 그 여자를 잡으라고 한 유의 충고도 마음에 들지 않았다. 진은 걸핏하면 상사인 유의 말에 대거리를 했다. 유는 화가 나서 실수를 바로잡았다. 진과 거리를 두고 진의 업무량을 늘리고 매사 과오를 지적해서 무능을 알리는 방식으로. 진에게만 엄격하게 구는 걸 들키지 않으려고 모두에게 명령조로 지시를 내렸다. 몇 해 전 부장으로 승진하면서 더욱 심해졌다.

해고를 통보하려고 진을 불러놓은 자리에서 유는 이혼 얘기를 꺼냈다. 진은 이태 전 아내와 이혼했다. 진의 아내가 원했다. 사랑하는 사람이 생겼다고 했다. 진은 자신이 겪은 일이 아내에게도 일어났다고 생각하려 애썼다. 잘되지 않았다. 실패한 기분이었다. 어디서부터 잘못된 걸까. 자기 탓이라는 생각이 가시질 않았다. 다섯 살 딸아이가 여전히 진과 아내를 붙들었다. 퇴근해 돌아오면 아이는 진에게 달려와 안겼다. 아이와 멀어진다고 생각하면 가슴이 아렸다.

진이 시간을 끌자 아내는 단호해졌다. 아이를 데리고 집을 나가는 식으로 가차 없이 굴었다. 그러다가도 태도를 바꿔 집으로 찾아와 사과하고 애원했다. 진과 아내의 싸움을 본 아이가 겁에 질려 울음을 터뜨리는 걸 보고 진은 아내 뜻대로 했다.

유는 가정에서 안정감을 찾지 못해 진의 업무 집중도가 떨어졌다고 지적했다. 진은 반박하려다 포기했다. 유를 설득하는 일이 한 달에 두어 번 딸애를 만났다 헤어질 때 드는 기분과 비슷했다. 진심으로 노력하고 애를 써도 되돌릴 수 없음을 깨닫는 기분 말이다. 아이와 붐비는 패밀리레스토랑에서 피자나 햄버거, 스파게티 따위로 점심을 먹고 키즈카페에 들러 시간을 보내고 나면 진은 매번 어리광하는 투로 "이제부터 아빠랑 살래?" 하고 물었다. 아이는 놀이기구에서 눈을 떼지 않고 "응!" 하고 곧장 대답했지만, 정해진 시간이 되면 진과 눈물 없이 헤어졌고 키즈카페 입구에서 기다리는 엄마에게로 달려갔다.

진은 동요하지 않았다. 유감이지만 이미 겪은 일처럼 느껴지기도 했다. 설비투자를 하고 노동력을 늘린 회사에 재정 위기가 도래했다는 소식이 오래전부터 들려왔다. 무사안일이 특징이던 상사들이 매주 대책 회의를 열자 정리해고 소문이 빠르게 퍼졌고 얼마 후 주기적으로 명단이

발표되었다. 진은 몇 년째 승진에서 누락됐다. 나쁜 징조였다. 요새 들어 업무를 받지 못했다. 부장인 유는 진의 업무를 노골적으로 후배들에게 인계해왔다. 진은 출근해서 다른 사람에게 전화를 연결해주거나 물품 구매 품의서를 작성하거나 팀 회의에 들어가 별 의견 없이 앉아 있는 게 다였다.

지난 분기에는 진의 동기인 박이 해고 통보를 받았다. 박은 울분을 참지 못하고 날마다 회사로 찾아와 난동을 부렸다. 진은 결정해야 했다. 박처럼 부당함을 주장하며 고통받거나 아니면 포기하며 고통받기를. 둘 다 마찬가지라는 뜻이었다. 아무도 도울 수 없었다. 통보를 받지 않으면 얼마간 안도하겠지만 자신의 차례를 가늠하느라 마음 놓지 못할 것이다.

유는 진의 눈을 피하려고 서류를 들여다봤다. 숱이 적어지긴 했으나 잘 관리된 유의 정수리를 진은 뚫어져라 보았다. 지금은 사이가 멀어졌지만 한때 진이 가장 많이 의지한 사람이 유였다. 술을 마시며 무엇이든 털어놓을 수 있었다. 술값은 늘 유가 냈는데, 사실 유에게도 별로 여유가 없다는 걸 진도 알고 있었다.

유의 넉넉지 않은 월급으로 아내와 부모님까지 네 식구

가 생활했다. 형이 있긴 하지만 별 도움이 안 되었다. 정확히 말하면 유는 늘 여섯 명의 미래를 생각했다. 태어날 아이 둘까지 셈해서. 그때로부터 많은 시간이 지났지만 유는 여전히 네 식구였다. 아이들이 태어나고 부모님이 돌아가신 건 아니었다. 아이들이 태어나지 않았다. 유와 아내는 오랫동안 클리닉에 다녔다. 유는 포기했지만 아내는 그렇지 못했다. 아이에 집착하는 아내에 대한 연민을, 아직 우정이 유지되던 시절 유가 말해준 적 있었다. 생각해보면 유에게는 식구들 중 누구도 품에 안을 사람이 없을 것이다. 품은 언제나 사람을 보호했다. 진은 아이 때문에 그걸 알았다.

"팀에서 자네가 유일해. 가족이 없는 사람 말이야."

유가 힘들게 입을 뗐다. 진 스스로 이런 결과를 초래한 게 아니라고 말해주고 싶었다. 유의 노력에도 불구하고 진의 기분이 나아지지는 않겠지만.

진은 그게 이유가 되느냐고 따져 물으려다 문득 유가 점심시간이면 블라인드를 전부 내리고 좁은 부장실에 틀어박힌다는 걸 떠올렸다. 유는 그 방에서 출근길에 편의점에서 사 온 도시락을 먹거나 의자에 기대서 쪽잠을 잤다. 그 방을 차지하게 되면서 유는 후배와 멀어지고 통보와 지

시의 말만 하는 사람이 됐다. 진은 직급은 낮았지만 동료
가 있었고 가끔 그들과 왁자하게 웃을 일도 있었다. 볼품
없는 진의 경력을 존중해주는 후배도 있었다. 유는 앞으로
도 후배에게 모진 말을 하며 납득할 수 없는 트집을 잡을
것이고 그 때문에 조롱받을 것이다. 원할 때면 사람을 곁
에 두겠지만 직급이 유지될 때나 가능했다.

유는 퇴직에 따른 보상과 몇 가지 합의 사항을 설명한
후 서류를 내밀었다. 진은 잠자코 서명했다. 유는 진이 어
째서 태연한지, 왜 비극적으로 느끼지 않는지 궁금했다.
진은 단지 상황이 복잡할 뿐이어서 어떻게든 적응해야 할
일로 여기는 것 같았다. 아직 실감을 못 해서일까.

진이 회의실을 나가려다 말고 유를 돌아보았다. 유는 긴
장했다.

"저도 가족 있어요."

유가 뭐라고 대꾸하기도 전에 진이 회의실을 나가버렸
다.

유가 담당 이사에게 보고하고 돌아오니 진은 이미 사무
실에서 보이지 않았다. 유는 안도의 숨을 내쉬었지만 퇴근
하려다가 진의 자리를 힐끔 쳐다보고 그대로 멈춰 섰다.
진의 책상이 그대로였다. 한쪽에 결재 파일과 회사에서 배

부한 커다란 다이어리가 놓여 있었다. 아까 면담할 때도 가지고 들어왔는데, 방금 메모를 마친 것처럼 펜이 끼워져 있었다. 커피 얼룩이 남은 컵이 키보드 옆에 있고 아래쪽에는 진이 늘 신고 다니는 검은색 슬리퍼가 단정치 않게 흩어져 있었다. 파티션 여기저기 붙은 포스트잇 메모도 그대로였다. 눈에 잘 띄는 자리에 놓인 캘린더에는 잊지 말아야 한다는 듯 다음 주 월요일 회의 시간이 크게 적혀 있었다. 컴퓨터는 꺼져 있었는데, 다른 사람이 그렇게 했을수 있었다. 책상만 보면 진은 내일 아침 다시 출근해서 업무를 이어나갈 사람처럼 보였다.

문자메시지에 비하면 대면 통보는 유에게 큰 압박감을 주었다. 통보받은 당사자들은 유가 유일한 결정권자라는 듯 화를 냈고 소리를 질렀고 정당한 이유를 대라고 하다가 종내 울음을 터뜨렸다. 통보의 방식으로 문자메시지를 택하지 않은 건 회사의 배려였으나 알아주는 사람은 없었다. 예감했다는 듯 순순히 사인을 하고 나간 사람은 진이 유일했다.

진이 미처 실감을 못 했거나 오래전의 일시적인 우정 때문이라고 생각했는데, 아니었다. 진은 그저 유를 무시한 것이다. 유의 통보를 없던 일로 치려는 속셈이었다. 생각해보면 진은 유에 대해 많은 것을 알았다. 그 때문에 진이 늘 자신을 은근히 깎아내린다는 느낌을 받았다. 대놓고 그래왔는지도 모르지만. 진은 내일 아무렇지 않게 출근해 이 자리에 그대로 앉을 작정인 듯했다.

유는 화가 나서 당장 진의 책상을 치우라고 소리쳤다. 진의 옆자리에 앉은 송이 재빨리 박스를 가져다가 물건을 담기 시작했다. 유는 관련 부서 담당자에게 전화를 걸어 진의 출입카드가 정지된 것을 확인하고 나서 퇴근했다.

다음 날부터 유는 진을 의식했다. 건물 입구나 엘리베이터 안, 지하 주차장 기둥 뒤나 사각지대에서 진이 불쑥 나타나 린치를 가하는 상상을 했다. 망상에 지나지 않았다. 출입카드가 없으면 로비에서 통제받을 테고, 운이 좋아 사무실이 있는 9층까지 올라온다 해도 소란을 피울 테니 모르고 당할 리 없었다. 그런데도 참석자가 조금씩 다른 회의에 들어갔다 나올 때마다 복도 끝, 화장실 진입로, 모퉁이, 어두운 계단참 등을 주의 깊게 살폈다. 별일 없이 휴대전화를 들여다보는 일도 늘었다. 진이 악의 섞인 메시지나 음성을 남겨놓았을지도 몰라서였다.

진에게는 아무 연락도 없었다. 사무실로 찾아오거나 건

물 로비에서 안으로 들어가려고 난리를 피웠다는 얘기는 들려오지 않았다. 진은 마치 휴가라도 간 듯 어떤 항의나 호소 없이 제 물건을 고스란히 남겨두고 사라졌다.

유는 매번 진의 자리를 일부러 지나쳤다. 책상이 텅 비어 있는 것을 확인해야 직성이 풀렸다. 사무실에 진의 물건은 이제 하나도 보이지 않았다. 모니터와 키보드가 남았지만 진이 사용한 흔적은 없었다.

그러다 어느 날 진의 책상 서랍을 열어보았다. 서랍은 세 개였는데, 맨 아래 칸이 잠겨 있었다. 유가 손잡이를 당기자 안에 든 것이 묵직하게 흔들렸다. 송이 재빨리 다가와 서랍이 잠겨 있어서 아직 치우지 못했다고 변명했다. 유는 연장을 이용해 뜯어내라고 짧게 지시했다. 송이 난감한 표정을 지었다.

"아이에게 급한 일이 생겼다고 하셨어요. 괜찮아지면 정리하러 들르신다고요."

"급한 일?"

"아이가 다친 모양이에요."

"사무실에 들르겠다고 했다고?"

"네."

"자네 같으면 해고당한 회사에 오고 싶겠어?"

유가 버럭 소리를 질렀다. 송은 잠자코 있었다. 진을 생각해서 그러는 게 아님을 송이 모를 리 없었다.

"안에 있는 걸 상자에 담아둬."

"그렇게 하겠습니다."

"내가 가져다줄게."

유는 의아해하는 송의 시선을 피했다. 대답을 번복할까 봐 그랬다. 그렇게 말한 스스로에게 놀라는 중이었다.

점심시간에 유는 블라인드를 모두 내리고 사무실 불을 껐다. 송이 가져다 둔 종이상자를 내려다보았다. 한낮의 어둠이 커다란 상자의 크기를 반으로 줄여놓았다.

사실 유는 진이 회사에 나타나기를 기다렸다. 그렇게 하지 않아서 서운했다. 면담 당시 진이 어떤 반감도 드러내지 않은 게, 지나치게 순순했던 게 마음에 안 들었다.

진은 왜 자신을 내쫓는 회사에 항의하지 않을까. 부당하다고 호소하지 않을까. 해고의 근거를 대라고 따지지 않을까. 왜 고분고분하게 굴까. 화를 내고 소란을 피우고 고소하겠다고 윽박지르지 않을까. 실제로 그렇게 하는 사람을 많이 봐왔다. 자신의 무능 탓이 아니라고 우겨야 했다.

박이 그랬다. 해고 사실을 알리자 박은 유에게 커피를 끼얹었다. 유의 와이셔츠에 보기 싫은 얼룩이 남았다. 다행히 커피는 식어 있었고 세탁비 외에 유는 어떤 피해도 입지 않았다. 회의실 바깥으로 나온 유는 동정을 샀다. 부하 직원들이 다급히 물티슈를 가져오는 등 소란을 피웠다. 유는 인사 평가에 박에게 약간의 분노 조절 장애가 있다고 쓴 적 있었다. 그것이 업무 성과를 낮추고 사내 인간관계에 영향을 미친다고 썼다. 박이 거래처 직원들과의 회의 도중 화를 내고 나가버린 일을 예로 들었다. 너무 야박한 평가인가 싶어 마음에 걸렸는데, 누군가 동조해줬다. 박은 동료들의 냉담한 외면 속에서 얼마 안 되는 제 물건을 상자에 담고 겨우 몇몇의 숨죽인 배웅을 받으며 회사를 떠나야 했다.

그것으로 끝나지 않았다. 그날의 일이 그렇게 마무리되었을 뿐이다. 박은 날마다 나타나 유를 괴롭혔다. 건물 입구에서 기다렸고 지하 주차장에서 차를 가로막았다. 집으로 찾아왔고 고함을 쳤다. 술을 마시면 새벽에 전화를 걸어 욕을 퍼부었다. 모든 일을 유가 결정했다고 생각해서 그러는 건 아니었다. 박에게도 부당함을 호소하고 화를 풀 사람이 필요했을 것이다.

박은 화를 참지 못해서 자주 실수했지만, 술주정하고 소리 지르고 비난해도 되돌릴 수 없다는 것을 알았는지 차츰 술을 줄였다. 술값이라도 아껴야 한다는 걸 깨달은 것 같았다.

박이 해고된 동료들과 연대를 모색하고 있다는 소식을 들었을 때 유는 안도했다. 더 이상 자신을 찾아오지 않으리라 생각해서였다. 유와 싸우는 게 아니라 조직을 상대로 싸워야 한다는 걸 깨달았으리라. 유는 무관하다고 확신한 나머지 자신이 조직의 일부로 그 모든 일을 수행했음을 모른 척했다.

진은 왜 그렇게 하지 않을까. 자신에게 부당한 일이 벌어졌음을 알리지 않을까. 어째서 누구라도 이렇게 될 수 있다고 경고하지 않을까. 남은 사람들이 제 일이 아니라고 안도하지 않도록, 나름대로 살 궁리를 해보도록 말이다. 진은 경쟁에서 낙오되었다. 앞으로 할 수 있는 건 기껏해야 실패 확률이 높은 자영업자 대열에 들어서는 일이다. 진은 남은 사람들에게 그 미래가 모두의 미래임을 경고해야 했다.

신입 사원 시절의 진을 떠올리면 더 납득하기 어려웠다. 진이 입사하고 얼마 되지 않아 담당 이사가 해임되었다. 임원 해임이야 자주 있었지만 그럼에도 이사님이 뭘 잘못했느냐고 물은 사람은 진이 유일했다. 제 일에 있어서 진은 포상 휴가라도 받은 듯 조용히 굴었다. 급한 일이 생겨 퇴근을 서두르는 모양새로 떠났다. 무력감으로 부당함을 무마했다.

면담 자리에서도 내내 차분했다. 이런 식의 역경이 처음이 아니어서였을 것이다. 구조 조정 논의가 있을 때마다 진의 이름은 늘 거론되었다. 굳이 따지자면 무능해서가 아니었다. 적당한 직급과 높은 연봉을 저렴하게 대체하자니 어쩔 수 없었다. 낮은 성과에 대해서라면 진은 승진에서 계속 누락하는 방식으로 대가를 치러왔다.

상자 두 개를 어찌해야 좋을지 생각하는데 형에게 전화가 걸려왔다. 받지 않았다. 요즘 들어 형과 좋은 얘기를 나눈 기억이 없었다. 아버지에 대한 화제가 특히 그랬다.

아버지는 얼마 전 버스에서 의식을 잃었다. 어머니가 있는 수원의 요양원에 다녀오는 길이었다. 버스 안을 비추는 CCTV는 의자에 앉은 아버지가 내내 같은 자세로 눈을 감고 있는 장면을 보여주었다. 간혹 차가 덜컹거려 아버지 몸이 흔들렸으나 다른 사람에게 이상해 보일 정도는 아니었다. 수원에서 광역버스를 탄 아버지가 서울에서 내리지 못하고 다시 수원의 종점으로 돌아갈 때까지 아버지가 낯선 잠에 빠졌다는 걸 알아챈 사람은 없었다. 버스가 종점으로 회차하기까지 왕복 네 시간 반이 넘게 걸렸고, 그동안 아버지의 뇌에는 적절한 양의 산소가 공급되지 못했다.

보통 의사는 환자의 상태를 정확히 설명하려고 애쓰기 마련인데, 아버지 담당의는 그런 노력도 하지 않았다. 의사는 기다릴 수도 있지만 결정할 수도 있다고 말했다. 가족의 의사에 맡긴다는 의미였다. 유는 기다려야 한다고 생각했지만 형에게는 남다른 결단력이 있었다. 유가 반박하려 들 때마다 치료비 얘기를 꺼내 말문을 막았다.

성질 급한 형에게서 다시 전화가 걸려왔다. 전화를 받자마자 형이 말했다.

"날짜를 정했다."

형은 어째서 날짜를 정해보자고 말하지 않는 걸까. 유는 따지는 대신 이렇게 물었다.

"언제요?"

"화요일이다."

"화요일요? 다음 주요?"

"주중에 장례를 치러야 손님이 많아."

형은 유가 항의라도 한 것처럼 목소리 높였다.

"좀더 해봐야 하는 거 아닌가?"

"할 만큼 했어."

형이 큰 소리로 대꾸하고는 전화를 끊었다. 할 만큼 했다는 말에 몹시 화가 났지만 그렇다고 치료를 더 연장해야 한다고 우기지 못했다.

형에게는 교대 없이 열여섯 시간씩 고속버스를 몰던 때가 있었다. 전용 차선이 없던 시절이었는데, 형은 버스를 앞지르려는 차들을 사정없이 몰아붙였다. 죽지는 않았지만 여러 차례 위기를 겪었고, 흉터가 몸 여기저기 남았다. 형은 새까맣게 그을린 근육질의 팔뚝이 보이도록 사시사철 반팔을 입었고 누구에게도 무시받지 않았다. 형은 자주 힘주어 주먹을 쥐었는데 간혹 그 주먹을 사람을 향해 날렸다. 가족이 있었을 때는 좀 나았다. 형이 참기도 하고 가족이 달래주기도 했다. 지금은 아니었다. 형수나 조카가 여전히 있지만 더 이상 형과 가족은 아니었다. 가족이나 안정된 삶, 장래나 삶의 질, 교양과 문화 같은 것은 형의 관심사가 아니었다.

형은 이혼한 후 형수나 조카에게 한 푼도 내놓지 않았다는 걸 자랑으로 삼았다. 그러고는 늘 운수(運輸)에 대해 얘기했다. 자기 이름을 단 유명한 버스가 도로를 누비는 것이 꿈이었다.

형은 악착같이 벌었고, 전세버스를 여섯 대로 늘렸다.

형은 의기양양했지만 오래가지 않았다. 버스 한 대가 사고를 냈다. 승객 대부분이 다쳤고 다섯 명이 사망했다. 형은 유명한 버스를 모두 양도했다. 술을 먹을 때에도 술을 먹지 않을 때에도 울었다. 그게 끝이 아니었다. 형은 다시 단체 승객을 태우고 버스 모는 일을 시작했다. 지금 형에게는 전세버스가 세 대 있었다. 다른 사람의 고난이나 성공을 비웃을 만한 이력이었다.

아버지에게는 겨우 나흘밖에 남지 않았다. 형이 친척들에게도 알릴 테니, 주말에는 문상하듯 마지막 병문안 오는 사람들을 상대해야 할 것이다. 유는 처리해야 할 업무 목록을 머릿속으로 정리했는데, 그중에는 진에게 상자를 전달하는 일도 있었다. 상자 두 개를 가까이 끌어왔다. 송에게 상자를 받을 때부터 이럴 작정이었다는 생각이 이제야 들었다.

송의 서툴고 덤벙거리는 성격을 반영하듯 상자에는 물건이 순서 없이 뒤죽박죽 담겨 있었다. 유는 손에 잡히는 대로 그것들을 꺼내서 다시 정리해 넣었다. 진은 검소한 타입이었다. 문구류를 최소한으로 유지했고 명함도 거의 바닥나 있었다.

상자에는 다이어리도 있었다. 잠긴 서랍에 든 것이었다.

진이 입사하던 당시부터 지금까지 열여섯 권이 모두 있었다. 연도가 은박으로 박힌 검은색 다이어리를 순서대로 훑어보았다. 입사 초기 다이어리에는 유가 해준 얘기를 적어둔 것도 있었다. 역순으로 업무 일정을 세우는 방식이나 거래처 사람들의 식성과 버릇 같은 것. 사무실 사람들의 커피 취향을 적어놓은 끝에 일만 하면 옛날 사람이라고 적어놓은 메모도 보였다. 유는 그게 무슨 뜻인지 끝내 떠올리지 못했다.

유는 걸핏하면 울음을 터뜨리던 시절의 진이 좋았다. 진이 못마땅하거나 싫어질 때면 그 무렵의 진을 떠올려 참았다. 진은 솔직했고 하고 싶은 게 있었고 자신이 나약한 걸 숨기지 않았다.

유에게도 진과 마찬가지로 없으면 못 살 것 같던 여자가 있었지만 결국 그 여자 없이 살게 됐다. 다른 점이 있다면 진의 아내는 모르고 넘어갔지만 유의 아내는 알게 되었다는 것이다. 유가 털어놓았다. 이혼하고 싶었다. 아내는 화내지 않았다. 그간의 행동이 이해된다는 듯 조금 웃었다. 아내는 침착하게 부모님에게 얘기했다. 유는 부모님 앞에 무릎을 꿇었고 그 자세로 아내에게도 사과했다. 다시는 안 그러겠다고 아이처럼 다짐도 했다. 유는 여자와 헤어졌다. 부모님과 아내 앞에서 꿇은 무릎으로 여자 옆에 누울 수 없었다. 세상에는 사랑만 있는 게 아니었다. 부모도 있고 아내도 있고 월급도 있고 회사도 있고 평판도 있었다. 사랑은 있어도 살고 없어도 살았다.

진에게는 실수하지 말라고 일러주고 싶었다. 누군가 한 명쯤 용기 내는 걸 보고 싶었다. 진은 피로하고 약삭빠르고 지친 모습 대신 낙천적이고 철이 덜 든 어리숙한 면모를 이어가리라. 술과 울음으로 생활을 탕진하지 않고 사랑하는 사람과 조금이라도 함께 있고 싶어서 시간을 쪼개고 안절부절 거짓말하리라. 결과적으로 진을 고려하지 않은 유의 충고는 우정을 망쳐버렸다.

나중에야 안 것이지만 진에게는 떠날 기회가 없었다. 진이 결정하기도 전에 여자가 먼저 떠났다. 진은 여자가 떠난 삶에 금세 적응했다. 그 무렵의 다이어리에 고통을 암시하는 어떤 흔적도 없었다. 진은 그저 일과를 간략히 적어두고 회의 내용을 어수선하게 정리하고 거래처와의 간담회 내용을 받아 적었다.

유는 여러모로 진에게 실망했다. 모든 걸 쉽게 포기하는 진에게, 어느 것에도 화를 내지 않는 진에게 서운함과 분노를 동시에 느꼈다.

월요일 오후, 형은 모임 시간이라도 알리듯 내일 보자는 짧은 문자메시지를 보내왔다. 형과 달리 유는 아버지에게 어리광을 부리는 아들로 자랐다. 아버지는 잘 받아줬고 형에게 얻어맞는 유를 안쓰러워해서 몰래 데리고 나가 먹을 것을 사줬다.

유가 무릎을 꿇고 아내와 부모 앞에서 사과한 후 담배를 피우러 아파트 밖으로 나가는데 아버지가 뒤따라 나왔다. 아버지는 담배를 한 대 달라고 하더니 말했다.

"인생에 건질 건 식구밖에 없다."

"그래서 아버지는 건지셨어요? 저와 형요?"

아버지가 갑자기 아이처럼 키득거렸다.

"니들이 나를 덥석 물었지. 그래서 나도 열심히 버텼다."

유는 자신을 버티게 하는 것은 그 여자라고 대꾸하려다가 입을 다물었다. 무릎 꿇은 게 떠올랐다.

"잊을 만하면 덥석덥석 잘도 물더라. 나중엔 안 그럴까봐 겁이 났지."

나란히 담배 한 대를 다 피우고 나서 유는 아버지가 오래전에 담배를 끊었다는 걸 깨달았다.

"지금은 내가 너를 물고 있구나."

유가 대꾸할 말을 고르는 사이 아버지가 말했다.

"살살 물고 있을게."

유와 아버지는 잠시 아이처럼 웃었다. 그렇게 말할 때만 해도 아버지는 몰랐다. 어머니가 치매에 걸려 얼마 후 요양원에 들어가게 될 것과 자신의 사망 일자를 두 아들이 정하게 된다는 것, 기계의 도움으로 기복 없이 숨을 내쉬며 삶의 마지막 날을 보내게 되리라는 것 말이다.

유는 누워 있는 아버지를 안았다. 가느다란 여러 개의 호스가 방해되었지만 여전히 품이 따뜻했다. 미약하게 심장 뛰는 소리가 들렸다. 유의 박동과 비슷한 간격이었다. 유는 누군가 안을 때면 사람마다 박동의 간격이 얼마나 다른지 깨달았는데, 아버지와는 거의 비슷했다. 그러자 할 만큼 했다는 형의 말에 아무 반박도 안 한 자신이 부끄러워졌다.

간호사가 면회 시간이 끝났다고 할 때까지 유는 아버지의 손과 발을 문질렀다. 병실을 나오기 전 아버지의 짐을 쇼핑백에 담았다. 병원에 실려 올 당시의 옷과 신발, 문병 온 사람들이 사 온 음료수, 간병인이 쓰던 수건과 휴지, 슬리퍼 같은 것을 되는대로 쑤셔 넣었다. 차 트렁크에 쇼핑백을 넣으려고 진의 상자를 옆으로 밀었다.

진은 전화를 받지 않았다. 딱히 물건을 전해 주려던 것은 아니었다. 급할 리 없었다. 굳이 이유를 꼽자면 집에 돌아가기 싫었다. 오후에 통화했을 때 아내는 여행이라도 간다는 듯 짐을 꾸리려는데 필요한 게 뭐냐고 물었다. 집에 돌아가면 유는 아내에게 그간 우리는 할 만큼 했다고 말하게 될지도 몰랐다.

막 시동을 거는데 진에게 전화가 걸려왔다. 시끄러웠다. 사람들이 떠드는 소리가 고스란히 들려왔다. 발신자를 확인했을 텐데도 진은 누구냐며 재차 물었다. 유는 기분이 상해서 끝까지 주변 정리를 소홀히 하느냐고 목소리 높였다. 진은 묵묵히 들었다. 유는 이번에도 실수를 했다. 만회하기 어려울 것 같았다. 잠시 후 진이 자기 집 근처 호프집 이름을 대고 거기에서 보자며 전화를 끊었다.

유가 도착했을 때 진은 혼자 앉아 술을 마시고 있었다. 진은 송에게 상자 얘기를 전해 들었다고 했다. 민망해진 유가 그제야 아이는 괜찮냐고 물었다. 진이 고개를 끄덕였다. 면담을 끝내고 나왔는데, 전처에게 아이가 놀이터에서 다쳐 병원에 입원했다는 전화가 걸려왔다고 했다. 그 바람에 정리할 새도 없이 바로 사무실을 나와버렸다고. 전처는 출근을 해야 해서 요새는 진이 하루 종일 병원에서 딸아이를 돌본다고 했다. 다리에 깁스를 하는 바람에 화장실도 안고 가고 산책도 업고 가는데, 아이가 틈만 나면 산책을 나가자고 하는 게 그렇게 좋다고, 팔은 멀쩡하지만 밥도 떠먹여준다고, 주사 맞을 때마다 울어서 불쌍하지만, 뭐든 다 해줄 수 있어 좋다면서 웃었다.

딸아이가 퇴원하고 아이를 돌볼 일이 사라지고 나면 해고를 실감할까. 유는 느닷없이 진에게 뭔가 설명하고 싶어졌다. 자신이 실감할 수 없는 것에 대해서.

아버지 얘기를 하면서 유는 비로소 내일 무슨 일이 벌어질지 깨달았다. 진은 반응 없이 유의 얘기를 듣다가, 그렇군요, 요새는 다들 그렇게 하더라고요, 하고 애매하게 대꾸했다. 그러고는 대답이 마땅치 않다고 느꼈는지 큰아버지 얘기를 꺼냈다. 유를 위로하려면 처지가 나쁜 큰아버지 얘기를 해주는 게 좋겠다고 생각한 모양이었다. 진의 큰아버지는 오랜 암 투병으로 재산의 상당 부분을 축냈다. 그러는 사이 가족 중 누군가 여타의 사정으로 직장을 잃었고, 꼭 그 때문은 아니지만 이혼도 했다. 병세가 나아졌다면 좋을 텐데, 진의 큰아버지는 치료에 엄청난 돈을 쏟아부었으나 다른 부위에 재발한 암 때문에 의사의 선고 후 1년을 넘기지 못했다.

장황한 얘기를 마치고 진은 한숨을 내쉬었다. 이 정도의 사연이라면, 처지가 더한 사람이 있다는 것만으로도 좀 나아진 기분이 들지 않느냐는 듯이.

유는 이번에는 요양원에 있는 어머니 얘기를 했다. 어머니가 누구도 알아보지 못한 지 꽤 되었는데, 아버지라고 예외가 아니라는 얘기. 아버지는 날마다 요양원에 갔고, 사고가 나던 날도 마찬가지였다. 어머니는 매번 아버지에게 누구냐고 물었다. 아버지는 하루는 선생님이라고 했다가 다음 날은 아들이라고 했다가 그다음 날은 첫사랑이라고 대답하는 식으로 어머니를 놀렸는데, 첫사랑이라고 하는 날 어머니가 제일 싫어한다며 웃었다. 왜 이렇게 늙었어, 하는 말을 반복하며 실망하는 표정을 짓는다고 했다.

그 말에 진이 처음으로 웃었다. 둘은 묵묵히 남은 맥주를 들이켰다. 진이 잔을 내려놓기를 기다렸다가 유가 말했다.

"짐 가져 가. 내 차에 뒀어."

"다 버리세요."

"쓸 만한 게 없어? 그래도 16년 치 살림인데. 새로 시작하려면 거래처 명함이라도 있어야지."

"설마 그게 쓸 데가 있겠어요?"

진이 반문했고 유가 동의하듯 고개를 끄덕였다.

"다이어리도?"

"네."

"좀 읽었어."

"뭐하러요, 시간 아깝게."

"뭐가 있을 줄 알았지."

"대단한 거라도 써놓은 줄 알았어요?"

"내 욕."

"할 만큼 했어요."

진이 유를 쳐다봤다. 둘 다 웃지 않았다. 진이 먼저 자리에서 일어서 계산을 했다.

진에게 호프집 입구에서 기다리라고 하고 상자를 가지러 주차장으로 가면서 유는 술에 취했다 싶으면 하는 일, 같은 숫자가 계속 반복되는 대리운전 번호를 속으로 외웠다. 그러면 세상이 단순해졌고 집으로 돌아가는 일이 가장 중요하게 생각되면서 기분이 조금 나아졌다.

유가 상자를 가지고 와 보니 진은 자리에 없었다. 화장실에 간 걸까 싶어 기다렸는데, 오지 않았다. 상자를 도로 차까지 가지고 갔다. 제법 무거워서 진의 말대로 버릴까 하다가 얼마 후 다시 만나고 싶어질 것 같아 차에 넣어두었다. 가지고 다니다가 내키지 않으면 그때 버리면 그만이었다.

유는 상자를 트렁크에 넣고 전화기를 꺼내 외고 있던 대리운전 번호를 눌렀다.

다
음
손
님

뜨거운 걸 잘 마시면 처복이 있다. 국물이나 차를 벌컥 벌컥 마시는 아버지를 볼 때마다 외할아버지는 속담을 인용해 말했다. 쏘아붙이는 말투여서 듣고 있으면 깜짝 놀랄 정도였다. 외할아버지는 기회가 있을 때마다 아버지를 몰아세웠고 뭔가 받아야 할 게 있는 사람처럼 굴었다. 아버지는 전전긍긍하거나 비위를 맞추거나 주눅 들지 않았다. 누구를 만나든 아버지의 태도는 비슷했다. 보일 듯 말 듯 가벼운 미소를 지었고 제 의견을 내세우는 일이 없었으며 성량 변화 없이 단조롭고 침착하게 말했고 의견이 영 다를 때에도 수긍한다는 듯 고개를 끄덕였다.

그 말에 발끈하는 건 엄마였다. 엄마는 복은 각자 알아서 받으면 되고 뜨거운 물로 받는 그깟 복은 없어도 그만이라고 되받았다. 외할아버지는 그런 반박이 딸이 똑똑해서라고 여겨 흐뭇해했다. 엄마가 토를 달아 대꾸하거나 정확지 않은 수치나 표현을 재차 확인하거나 회한과 과장이 담긴 어조를 지적하는 것에도 개의치 않았다. 그런 당당한 태도 역시 외할아버지는 어디서나 자랑거리로 삼았다.

나는 고작 아홉 살이었다. 엄마의 노력과 아버지의 지속적인 간섭으로 일찌감치 글을 읽을 줄 알았고, 부모님 서가에서 책을 꺼내 읽다가 이해 못 할 구절을 만나도 읽기를 고집하고, 외할아버지가 한자 섞인 신문을 읽어줄 때면 제법 경청할 줄도 알았지만, 소년에 불과했다. 그런데도 엄마와 아버지가 그다지 어울리지 않는 조합이라는 건 어렴풋이 느꼈다. 사람들은 대개 비슷한 사람끼리 어울린다는 걸 알았던 것 같다. 생김새가 닮은 가족이나 취향이 비슷하고 내성적인 아버지 친구들, 같은 공부를 하는 엄마 학교 사람들을 보면 그랬다. 아버지에 비하면 엄마는 표정이 다채롭고 어조가 분명하고 성량이 크고 활발해서 어떤 말을 하거나 무슨 동작을 취해도 자신만만해 보였다. 불편한 일에는 싫은 소리를 참지 않았고 분위기를 풀기 위해 마음에도 없는 사과를 하지 않았다.

한동안 나는 부모의 비슷한 점을 찾는 데 골몰했다. 두 사람이 함께 웃거나 장을 보러 가서 같은 물건을 고를 때, 내가 부모와 닮았다는 말을 들으면 안도했다. 모든 가족이 그렇듯 비슷하게 생긴 사람들은 결국 어울려 살게 마련이 니까. 같은 점을 찾을 수 없을 때면 한동안 상심했다.

다른 집과 달리 아버지가 한가하고 엄마는 늘 바빴기 때문일 수도 있었다. 엄마는 여러 학교로 수업을 다녔고 써야 할 거리들이 언제나 밀려 있었다. 나에게 양해를 구 하듯 요즘이 가장 중요한 때라고 자주 말했지만 그 무렵이 지난 후에도 매번 중요한 시기가 닥쳤다. 엄마가 생각하는 좋은 일은 잘 생기지 않았다. 그게 나쁜 일이 생겼다는 뜻 은 아니라고 아버지가 자주 말했지만 엄마는 그렇게 생각 하지 않았다. 엄마가 중요한 시기를 지나칠 때마다 분위기 는 더 아슬아슬해졌다. 엄마는 기운을 잃어 다소 침울하고 무기력한 태도를 보였으며 기분을 나아지게 하려는 아버 지와 내 노력에 감동받지 않았고 사람들의 위로와 관심을 귀찮아했다.

아버지는 오보에를 불었는데, 소속되어 있던 구립 오케 스트라가 경영난을 이유로 해체되면서 가장 좋아하던 일 자리를 잃었다. 오보에를 부는 것 말고 피아노도 치고 바 이올린도 연주할 수 있어서 아버지는 한동안 아는 사람이 운영하는 음악 학원에서 입시 지도를 했다. 그러나 무슨 이유에서인지 다 오래하지 못했다. 엄마는 화도 잘 내지만 잘 웃는 사람이어서 아버지의 잦은 실직에도 개의치 않고 쾌활함을 이어갔다. 아버지는 오보에도 잘 불고 요리도 잘 하고 나도 잘 돌보았다. 아버지가 차린 저녁 식탁에 마주 앉을 때면 두 사람은 사소한 얘기를 끊임없이 나누었고 내가 알 수 없는 이유로 웃었고, 웃고 나서는 어리둥절해하는 나를 보며 다시 한번 웃음을 터뜨렸다. 결국 이유도 모르고 나도 함께 웃었다. 두 사람은 나를 웃기려고 그랬다는 듯 만족스러워했고, 나는 행복감을 느끼며 그들의 얼굴을 번갈아 바라보았다.

그런 순간의 충만감을 나는 오래도록 기억했다. 두 사람이 서로를 향해 결코 웃지 않게 된 후에도 나는 그 장면을 떠올리며 웃음이 어디로 사라졌는지, 다정한 공기가 어째서 희박해졌는지 생각하고 또 생각했다. 다른 사람들이 말하는 것처럼 외할아버지의 간병으로 인한 갈등이나 혹은 그보다 오래 지속되어온 두 사람의 성향 차이, 불균형한 경제적 부담 따위가 원인이라고는 생각할 수 없었다. 고작 내가 내린 결론은 어쩔 수 없는 일이라는 것이다. 공기가 소멸하면 저절로 연소하는 촛불처럼 그저 그렇게 되어

버린 것이라고. 그렇지 않고서야 오랜 추궁이나 격앙 어린 질문, 논쟁이나 다툼도 없이 그들이 조용히 소원해지고 무관심해지다가 기어이 나를 매개로 해야만 겨우 의사 전달이 가능해지고, 아예 그마저도 피하는 상황을 맞았다는 것을 나로서는 이해할 수 없었다.

여러 차례 실패를 거듭한 끝에 엄마는 한 지방정부의 관공서에 입사하기로 결정했다. 외할아버지가 반대했다. 엄마의 재능과 시간이 아깝다고 했다. 날마다 집으로 와서 아버지에게 불같이 화를 내고 사사건건 트집을 잡았다. 아버지도 신중히 결정하라고 충고했으나 매번 중요한 시기를 놓쳐온 엄마의 남다른 조바심을 이기지는 못했다. 무엇보다 엄마는 아버지의 오랜 실직으로 경제적 위기감을 느꼈다. 외할아버지는 이제 대놓고 아버지에게 호통을 쳤고 무능하다고 비아냥거렸으며 쓸모없다고 말하기를 주저하지 않았다. 날 선 공격 앞에서 아버지는 자주 당황했다. 버릇 같던 미소와 평소의 온화함을 잃고 피로와 우울에 젖은 표정을 지었다. 엄마도 그런 아버지를 돕지 않았다. 엄마 역시 좌절의 막바지에 이른 선택이 어떠한가를 보여주려는 듯 풀 죽고 체념한 표정이었다.

아버지는 피하는 게 상책이라 여겼는지 가급적 외할아

버지를 방문하지 않는 쪽을 택했다. 외할아버지도 유일하게 자랑으로 삼던 딸의 선택이 영 못마땅한지 집에 찾아오는 횟수를 부쩍 줄였다. 그 덕에 잠깐이지만 평화롭고 안전한 생활이 이어졌다. 주말에 홀로 외할아버지 집에 다녀온 엄마가 울음을 터뜨리는 것으로 소박한 평화는 오래가지 않아 깨졌다.

외할아버지를 돌보는 몫은 자연스럽게 아버지에게로 넘어갔다. 부모님은 외할아버지가 아프다고 했지만, 내가 보기에는 아무렇지 않았다. 아무렇지 않기는커녕 쉴 새 없이 뭔가를 먹고 간혹 소리를 지르고 멍하니 앉아 두리번거리거나 같은 자리를 맴도는 등 활기가 넘쳤다. 아버지를 욕하거나 때릴 때도 있었다. 외할아버지는 나를 안아주거나 이름을 다정히 부르며 신문을 읽어주는 일을 완전히 포기했다. 숫제 나를 모르는 것처럼 굴 때도 있었다. 아버지에게 누구냐고 묻기도 했고 나를 종종 이상한 이름으로 불렀다.

무엇보다 나를 두렵게 한 것은 외할아버지가 갑자기 바닥에 납작 엎드려 총 쏘는 자세를 취하고 매서운 눈길로 아버지를 노려보는 것이었다. 외할아버지의 행동이 전혀 장난처럼 보이지 않아서, 또래 아이들의 놀이와는 너무 달라서 무서웠다. 처음 그 장면을 본 아버지는 울었다. 얘기를 들은 엄마도 울었다. 내게는 어떤 설명도 해주지 않았지만, 외할아버지가 투정이 심한 어린아이 같은 상태가 되었다는 걸 자연스럽게 알아차렸다.

외할아버지는 두 팔을 움직여 아버지를 향해 총 쏘는 시늉도 했다. 그러다가도 아버지가 다가가면 겁먹은 아이처럼 몸을 둥그렇게 말고 엉엉 소리 내어 울었다. 아버지가 자신을 공격한다 여겼는지 잘못했다고 빌었다. 아버지가 끌어안자 외할아버지는 막 공연을 끝낸 사람처럼 탈진해서 취한 듯 잠에 빠졌다가 몇 시간 후 일어나서는 닥치는 대로 음식을 먹어댔다. 내가 그렇게 먹었다면 엄마에게 크게 혼났을 게 분명했다. 아버지는 그 모습을 보고도 울었다. 얇은 주름이 잡힌 눈가에서 흐르는 눈물을 보았기 때문에, 아버지가 내게는 관심도 주지 않고 전적으로 외할아버지에게만 매달리는 것과 외할아버지의 기괴한 장난이 주는 두려움을 전혀 호소할 수 없었다.

전쟁놀이가 끝나고 먹기에도 지치면 외할아버지는 눈치를 보며 아버지를 피해 숨었다. 나 역시 숨고 싶기는 마찬가지였는데, 외할아버지는 내가 방으로 들어가버리면 느닷없이 비명을 지르면서 아버지의 제지를 받을 때까지 방문을 두드렸다. 나는 귀를 틀어막고 침대 한쪽에 쪼그리고 앉아 있었다. 내가 보이면 외할아버지는 그제야 안심한 듯 아버지에게 대들고 주먹질을 하고 욕을 퍼부었다. 아버지는 외할아버지의 닦달과 잔소리와 멸시를 참았던 것처럼 이제는 무자비한 폭력과 이상행동을 참아냈다.

부모님은 어느 날 외할아버지와 나를 차에 태웠다. 외할아버지가 병실에 들어간 후 엄마는 내게 안아드리라고 했다. 외할아버지가 그 말을 알아들었는지 먼저 두 팔을 내밀었다. 집에서는 내내 소리를 지르고 뭔가 때려 부수거나 화를 내거나 겁먹은 듯 굴었는데, 그게 이곳에 오려는 연기였던 것처럼 얌전히 굴었고 다정하게 대했다. 집을 떠나자 외할아버지는 비로소 안도하는 듯했다. 적어도 내겐 그렇게 보였다.

집으로 돌아오는 동안 부모님은 서로 아무 말도 하지 않았다. 침묵이 무거웠는지 나는 곧 잠이 들었고 눈을 떴을 때는 주차장이었다. 아버지 혼자 어두컴컴한 차에서 심포니를 듣고 있었다. 아버지는 부드러운 말투로 잘 잤느냐고 물었고 내가 고개를 끄덕이자 천천히 음악을 껐다. 순전히 내 잠을 방해하지 않으려고 시간을 보내고 있었다는 듯. 아버지는 나를 업고 집으로 올라갔다. 나는 이상한 불안감과 허공에 뜬 느낌에 사로잡혔다. 울음이 나올 것 같았는데, 아버지의 굳은 얼굴 때문이었는지 잠이 덜 깨서였는지 외할아버지와 영영 이별한 것 같은 슬픔 때문이었는지 알 수 없었다.

이별은 오래가지 않았다. 외할아버지는 요양원에서 잘 견디지 못했다. 전쟁 시절로 돌아가지 않을 때면 아버지에게 전화를 걸었다. 동정을 유발할 만큼 유순한 목소리로 집으로 돌아가고 싶다고 울먹였다. 전쟁 시절에 머물 때면 환자와 보호자를 대상으로 총을 쏘고 벌벌 떨며 몸을 숨기고 비명을 내질렀다. 같은 병동 환자와 보호자들의 거듭된 항의, 의료진의 은근한 설득과 엄마를 괴롭히는 자책으로 인해 외할아버지는 다시 집으로 돌아왔다.

눈에 띄게 다정함을 잃어가던 어느 날, 아버지는 전쟁놀이에 빠져 엎드려 총 쏘는 시늉을 하는 외할아버지를 빤히 쳐다보다가 박 일병, 하고 중얼거렸다. 핏기 없는 그 이름이 외할아버지를 가리킨다는 걸 금세 알 수 있었다. 외할아버지는 다행히 듣지 못했고 여전히 아버지를 쏘아보았다. 아버지는 외할아버지를 일으키려다가 그가 완강히 버티자 박 일병, 하고 크게 소리쳤다. 그러자 외할아버지가 몸을 움츠리고 두려움이 가득 담긴 눈으로 아버지를 쳐다보았다. 아버지는 이번에는 일어섯, 하고 명령했다. 아버지의 말이 떨어지자마자 외할아버지는 벌떡 일어나 젊은 군인처럼 바른 자세로 섰다.

아버지 얼굴에서 외할아버지를 달랠 좋은 방법을 알아냈다는 안도감이나 희열, 의기양양함 같은 것은 찾아볼 수 없었다. 아버지는 눈치를 보며 서 있는 깡마른 외할아버지를, 오래전 참전한 다른 나라의 전쟁에서 한낱 병사에 불과했을 외할아버지를 슬프고 울적한 얼굴로 바라보다가 방으로 들어가버렸다.

나는 외할아버지가 겪은 전쟁을 조금도 짐작할 수 없었다. 장난감으로 흔한 비행기나 총, 폭탄, 탱크 같은 것이 전쟁에 동원된다는 정도는 알았지만 사람이 사람을 죽이는 일은 짐작도 못 했다. 외할아버지가 기나긴 인생에서 하필이면 왜 그 시기로 돌아가는지, 그 시기가 외할아버지에게 어떤 두려움을 남겼는지, 나머지 인생을 어떻게 바꾸었는지 몰랐다. 그러나 그가 전쟁에서 진흙 바닥을 엎드려기고 소나기를 맞고 추위에 떨고 동료의 죽음을 목격하고 누군가에게 총을 쏘고 자신에게 날아드는 총알을 피하려고 몸을 아이처럼 구부렸다는 건 짐작할 수 있었다.

아버지는 모든 말을 명령조로 하기 시작했다. 처음에는

애를 써서 그렇게 했지만 차츰 편하게 했다. 외할아버지가 정신이 돌아와 아버지를 사위로 대하면 오히려 힘들어했고 상대하지 않으려 들었다. 외할아버지가 아버지를 상사로 착각하는 일이 벌어졌다고 해도 그 기억조차 일관되지 않아서, 아버지를 상사로 알 때와 사위로 알 때, 아예 모르는 사람으로 알 때가 뒤섞였다. 그때마다 아버지를 대하는 태도가 달랐음은 말할 것도 없다. 아버지는 상사 역할을 가장 편하게 여겼고, 그 일이 반복되자 외할아버지가 사위로 인지할 때에도 상사 역할을 해서 외할아버지를 어리둥절하게 했다.

엄마와 아버지는 그 문제로 많은 얘기를 나누었다. 엄마는 몹시 반대했으나 아버지의 완강한 태도에 암묵적으로 동의할 수밖에 없었다. 외할아버지를 돌보는 것은 아버지였으니까. 박 일병이 된 외할아버지가 상사인 아버지의 명령을 수행하는 걸 보면 눈물을 흘리거나 탄식을 뱉었지만, 기이한 방식의 제압에 아무런 이견을 달지 못했다.

학교에서 돌아왔을 때 그 일이 벌어졌다. 현관문을 여는데 신음 소리가 났다. 누군가 맞는 소리였다. 얼마 전부터 외할아버지 방을 멀찍이 돌아갔지만 그날은 그럴 수 없었다. 어떤 경우라도 외할아버지가 아버지를 때리면 참지 않

을 작정이었다. 나에게도 전쟁놀이에 빠진 외할아버지에
대한 동정이 조금도 남아 있지 않았다.

방문을 열고서야 내가 잘못 알았음을 알아차렸다. 외할
아버지는 엎드려 있었다. 정신을 잃을 때면 소총인 줄 알
고 부둥켜안는 총채가 반듯하게 한쪽에 놓여 있었다. 아버
지는 오케스트라 단원 시절 사용하던 오보에로 외할아버
지의 엎드린 몸을 때리고 있었다. 견디지 못하고 외할아버
지의 자세가 헝클어지면 아버지는 똑바로 엎드리라고 딱
딱한 목소리로 명령을 내렸고 그러면 외할아버지는 다시
기를 쓰고 바닥에서 몸을 일으켰다. 아버지는 열린 문도,
그곳으로 보고 있는 나도 전혀 알아차리지 못했다. 여느
때와 다름없는 하교였다. 내가 돌아오리라는 것도 의식하
지 못한 채 아버지는 그 일에 빠져 있었다. 외할아버지가
기운을 잃고 쓰러진 후에도 몇 번인가 오보에를 휘둘렀다.
나는 단박에 그간 외할아버지의 복종이 단순히 명령어 때
문만은 아님을 알아차렸다. 그리고 내가 그동안 아버지로
부터 격리되어 있었음을, 아버지의 다정함만을 알아왔음
을 깨달았다.

아버지가 볼까 봐 조용히 집에서 빠져나와 밤늦게 돌아
갔다. 아버지는 늦은 귀가에 대해 한마디도 묻지 않았다.

돌이켜보면 엄마와 나는 외할아버지 못지않게 아버지가 일그러졌음을, 외할아버지를 상대하느라 아버지의 정신이 산산조각 나고 있음을 미처 짐작하지 못했다.

얼마 후 외할아버지가 돌아가셨다. 쇠약함으로 미루어 준비하고 있었음에도 그 일은 모두에게 슬픔을 안겼다. 엄마는 염할 때 외할아버지의 깡마른 몸에 남은 검은 얼룩에 충격을 받았고 오랫동안 자책과 괴로움에 시달렸다. 나로서도 아버지 때문이라는 의심에 괴로웠다. 장례를 치르는 동안 아버지는 한 번도 울지 않았고, 피로한 얼굴로 손님을 상대했다.

그 후 많은 일이 일어났다. 우선 아버지는 애지중지하던 오보에를 내다 버렸다. 집에 있는 레코드판도 다 버렸다. 아버지는 내게 뭔가 설명하고 싶어 했다. 여러 번 말문을 고치고 적당한 말을 고르면서 그것이 불가능하다고 생각한 듯했다. 아버지는 손짓으로 내게 멀리 가라고 했고, 내가 알아듣지 못하자 작은 목소리로 꺼져,라고 말했다. 그 말을 끝으로 아버지는 내게도 말문을 닫았다. 중요한 것은 아버지의 정확한 설명이 아니라 다정함이었지만, 완전히 사라져버렸다.

이제 겨우 마흔여섯인 아버지는 누구와도 얘기하고 싶

어 하지 않았고 방에만 틀어박혔다. 엄마는 아버지에게 자주 다가갔지만, 아버지의 완강한 거부에 부딪혀 눈물을 흘렸다. 엄마는 무척 약해 보였다. 늘 당당하던 엄마는 아버지에게 자신을 조금이라도 더 보여주려고 노력했으며 나에게도 손을 내밀었다. 나로서는 엄마를 거절할 이유가 없었다. 내 손을 잡아주는 엄마의 모습은 내가 바라던 것 중 하나였다. 엄마는 한숨을 쉬면서도 나를 안아주고 머리를 쓰다듬어주었다. 아버지는 방에서 술을 마셨고 술에 취하면 소리를 지르고 화를 냈고 미안하다며 울었고 면목 없어 집을 나갔고 한참 만에 폐인이 되어 돌아오기를 반복하다 간암을 얻어 투병 끝에 쉰 살이 된 직후 돌아가셨다.

그러는 중에도 나는 자랐다. 예의 바르고, 다른 사람의 애정에 민감하고, 타인의 의지를 끔찍이 두려워하는, 이기적이고 무뚝뚝한 어른으로 자랐다. 아버지의 인생에 전쟁놀이에 빠진 외할아버지가 없었더라면 어떤 삶을 살았을지 전혀 짐작할 수 없지만 아버지가 오보에와 미소, 어머니를 완전히 잃은 게 외할아버지 때문이라는 생각이 점차 굳어졌다. 그것은 결과적으로 어머니로부터 멀어지게 하는 원인이 되었다. 아버지의 고통을 무심히 대한 어머니를 원망하는 마음도 생겼다.

대학 진학은 어머니에게 실망을 안겼지만 내게는 다른 도시로 옮겨 가는 기회가 되었다. 기숙사에 짐을 풀어놓고 오는 길에 어머니는 시내에서 가장 번화한 식당 중 한 곳으로 나를 데리고 갔다. 어머니와 오랫동안 관청에서 함께 근무한 나이 든 남자가 나와 있었다. 어머니는 부끄러워하며 남자를 소개했다. 안정된 보수와 지위를 오랫동안 누려온 사람답게 권위적이면서도 여유가 깃든 남자였다. 나는 그가 어머니에게 오랫동안 구애해왔다는 것을 알고 있었다. 그는 내게 대뜸 반말을 했는데 친근함을 표현하는 것이라고 변명하지 않았다. 그는 대학 생활에서 집중해야 할 공부에 대해 줄창 애기했다. 그 많은 충고에도 불구하고 그날 가장 인상적인 것은 남자가 후식으로 나온 뜨거운 커피를 단숨에 마시는 장면이었다.

집으로부터 멀어지려는 진학이었기 때문에 당연히 학과 공부에는 별 흥미가 없었고 진부한 시간을 보내다 보니 돈이 떨어지고 어머니가 보내주는 학비와 생활비를 결국 유용하고, 아르바이트로 주거와 생활비를 해결해야 하는 처지에 내몰리다 별로 절실하지 않던 학업을 포기하는 수순을 밟았다. 내가 단기간 아르바이트를 전전하다 군대에 다녀오는 동안 동기들은 대학을 졸업하고 진로를 고민하다 공무원 입시 학원으로 몰려갔다.

집에는 아예 가지 않았다. 어머니는 무조건 이해한다는 태도를 보이고, 남자는 충고를 하고 생색을 내며 거절하기 힘든 액수의 용돈을 쥐여줬기 때문이다. 그 돈이 어머니의 저축에서 나왔으며 남자가 경제적 지원을 끊고 자립시켜야 한다고 어머니에게 화내는 걸 듣고는 미련 없이 발길을 끊었다. 그런 형편이어서 학과 동기가, 누나가 간호사로 근무하는 요양원의 아르바이트를 추천했을 때 마다하지 않았다. 다른 일자리에 비해 급여가 높았고 무엇보다 밤에는 숙직실에 묵을 수 있었다.

면접을 보러 갈 때만 해도 나는 좋은 기회라는 생각에 취해 외할아버지를 떠올리지 못했다. 그러나 간단한 교육 후 담당 병실을 배정받자마자 줄곧 외할아버지의 그늘 밑에 있게 될 것을 확신했다. 두려웠다. 내가 아버지처럼 될까 봐. 울분만 남은 노인들을 참지 못하게 될까 봐. 한편으로는 자만했다. 이미 노인으로 인한 참극을 겪었으니 노인이 나를 망치게 놓아두지 않을 작정이었다.

간병인을 보조하는 것이 내 일이었다. 간병인 혼자 못하는 일, 예를 들면 식사 보조나 시트 갈이, 산책, 간이침대로의 환자 이동, 목욕이나 머리 감기는 일을 했다. 배변을 위해 화장실에 데려가거나 보행을 돕고 배변 시트를 깔아 주는 일도 했다. 대개 간병인은 여자여서 남자가 해야 할 일이 은근히 많았다.

노인들 중에는 간병인이 따로 있는 사람도 있고 없는 사람도 있었다. 가족이 자주 찾아오는 사람도 있고 전혀 보러 오지 않는 사람도 있었다. 가족이 오지 않는 노인을 돌보는 일이 제일 편했다. 가족이 오면 몹시 피곤했다. 가족들은 제 부모만 생각해 제대로 돌보지 않는다고 항의했다. 가족이 있으면 눈치를 보게 되고 감시를 받는 느낌이 들었다. 그들은 일거수일투족을 모두 따져 물었다.

남자 노인들은 자주 여자 간병인에게 지분덕거렸다. 염치없는 노인들은 대놓고 간병인을 만졌다. 몸이 아픈 노인에게는 손이 많이 갔고, 몸이 멀쩡한 노인에게는 마음이 상했다. 노인들은 떼를 쓰고 자다 깨서 소리를 지르고 먹을 것이 적다고 투정하고 요구를 받아주지 않으면 화를 냈다. 하루 종일 누구에게든 욕설을 퍼부었고 자신에게 소홀한 의료진에게 울분을 쏟아내고 함께 병실을 사용하는 노인들과 싸웠다. 그런 활력도 드물어서, 대개는 휠체어나 침대에 멍하니 앉아 있었다. 환자를 쉽게 다루려고 약물을 세게 처방한 탓이었다.

노인들을 보고 있으면 기이한 기분이 들었다. 서로 다른 젊은 시절을 보냈을 텐데, 세계를 겪은 방식과 경험을 해석하는 방식이 다를 텐데, 마치 똑같은 생을 겪은 것 같았다. 웃지 않았고 눈빛이 멍했고 박탈감에 사로잡히고 회한만 남았다.

날마다 작은 소동이 일어났다. 밥그릇을 엎거나 의사 표현 없이 침대에 누워서 혹은 선 채로 용변을 치르는 건 가벼운 일이었다. 늘 다니던 길이 막혔을 때 서로 양보하지 않으려고 티격태격하다 노인들끼리 몸싸움이 벌어졌다. 화를 내고 주먹을 뻗고 소리를 질렀다.

걸핏하면 시비를 거는 노인에게 머리채를 잡혔을 때 나는 아픔을 참지 못하고 큰 소리로 욕을 내뱉었다. 머리털이 다 뽑힐 지경이어서 노인을 향해 되는대로 발길질을 했다. 간병인과 간호조무사가 달려들어 떼어내기도 전에 내게 얻어맞은 노인이 머리채를 잡은 손에서 힘을 뺐다. 그 즉시 아버지가 떠올랐다. 오래전 아버지의 잘못이 무엇인지 알 것 같았다. 아버지가 외할아버지를 제압하는 방식으로 상사인 척했다는 것이다. 일단 상사가 되고 나면 더 이상 부하 노릇을 하기 싫어지는 법이니까. 외할아버지를 견디려고 고안해낸 방법이 결국 아버지를 좀먹었다. 나를 향해 미소 짓던 아버지와 오보에를 불던 아버지, 외할아버지에게 매질하던 아버지가 한 인물이라는 것도 단번에 이해했다. 다정함과 체념과 분노와 협잡이 뒤섞인 얼굴이 한데 있다는 것도 알게 되었다. 그 후로 나는 그 노인을 슬금슬금 피했다.

그러던 중 남자에게 전화가 걸려왔다. 남자는 예의를 차린, 공손하고 점잖은 목소리로 집으로 방문해주기를 청했다. 당연히 가지 않았다. 남자가 다시 전화를 걸어왔다. 포기하지 않을 기세였다. 요양원 앞으로 나를 데리러 왔다. 결국 어머니가 걱정되어 그의 차에 올라탔다.

어머니는 집으로 찾아온 나를 보고 깜짝 놀랐다. 허둥지둥하고 어머니답지 않게 엉뚱한 말을 늘어놓았다. 소파에 앉히지도 않고 세워둔 채로 계속 얘기했다. 종종 말을 고르느라 나를 뚫어지게 보았지만 그럼에도 예전과 다름없이 쾌활한 투로 말했고, 웃기지 않는 농담을 간혹 했고, 먹고 싶은 게 뭐냐고 되풀이해서 물었다. 나와 눈이 마주치면 환하게 웃었다. 어머니가 환심을 사고 싶어 한다는 게 나를 안심시켰다. 한마디로 어머니는 여전했다.

식구라도 되는 듯 남자와 함께 식탁에 앉은 나를 보자 어머니는 긴장한 것 같았다. 손을 조금 떨기도 하고 하려

다음 손님   245

던 말을 잊고 멍하니 나를 보고, 그걸 의식한 듯 종종 얼굴이 굳었다. 두 사람이 나란히 앉아 있는 걸 보고 나도 놀랐다. 조금도 친밀해 보이지 않아서였다. 남자를 대하는 어머니의 태도는 상냥했지만, 짐짓 안정을 가장한 느낌이 들었다. 처음 두 사람을 보았을 때 확연했던 나이 차가 지금은 전혀 두드러지지 않는다는 것도 놀라웠다.

식사를 마친 어머니가 차를 준비하러 간 사이, 남자가 잠깐 이야기를 나누자며 서재로 데리고 갔다. 나는 당연히 남자가 어머니와의 관계를 법적인 가족 형태로 바꾸려 한다고 여겼다. 뜻밖에도 남자는 어머니의 평소 태도를 털어놓았다. 남자의 말에 의하면, 어머니가 식사를 하면서 밥알을 흘리거나 흘린 줄도 모르거나 말어 어눌해지거나 말을 제대로 잇기 위해 잠시 멍한 눈빛으로 나를 쳐다보는게 긴장해서가 아니라 질병 탓이라는 것이다.

남자는 내 기분은 아랑곳없이 계속 이야기했다. 양치질하는 방법을 잊어 칫솔을 들고 멍하니 서 있는 어머니에 대해, 슈퍼마켓에 갔다가 길을 잃어 한참 만에 돌아오거나 경찰에게 보호조치를 받은 어머니에 대해, 밤이면 잠을 이루지 못하고 마루를 서성이는 어머니에 대해, 그러다가 남자와 마주치면 무턱대고 잘못을 비는 어머니에 대해.

그렇게 하지 않을 때가 더 많아서 어머니는 오랫동안 방치되었고 그 탓에 악화된 것 같았다. 남자는 건망증이나 노화, 잠버릇이려니 생각하고 넘겨버렸다. 어머니의 친구가 방문했다가 남자에게 그 사실을 지적해주고 인지 능력 이상을 강하게 주장하지 않았다면 남자는 돌이킬 수 없어지고 나서야 깨달았을 것이다. 경도 인지 장애는 그 나이라면 흔하니까.

　남자가 유감이라고 했다. 나는 믿을 수 없었지만 버릇처럼 고개를 끄덕였다. 농담이라고 말해주었으면 하는 간절한 마음 외엔 아무것도 없었다. 그러나 단호한 남자의 표정은 일말의 희망을 허락하지 않았다. 외할아버지가 돌아가신 후 어머니는 나마저 외롭게 만들지 않으려 애썼고 고통 속에서도 웃을 수 있다는 걸 보여줘 나를 편안하게 해주었다. 자립심이 강해서 누구에게도 의지하거나 의탁하지 않고 자존감을 유지했다. 그러느라 간혹 아버지와 내게 거리를 두었지만 동시에 그 때문에 슬프고 괴로울 때에도 품위를 지켰다. 이제 그 모든 노력은 헛것이 되었다. 앞으로 어머니는 똑같은 기억과 시간과 추억을 처음 겪는 일인 듯 상대해나가야 할 것이다. 시간은 멈추고 회귀하고 유예될 것이다. 앞으로는 아무 일도 일어나지 않고 그저 과거의 잔해와 일부 사건 속을 돌처럼 무표정하게 맴돌다가 기어이 자기 자신을 잊을 것이다.

남자는 치료 방법을 물었다. 내 판단에 따르겠노라고 했다. 자신은 어머니가 겪는 질환에 대해 아는 바가 적지만, 나는 그렇지 않기 때문이라고 했다. 남자로부터 쓸모 있는 사람이라고 인정받은 건 처음이었다. 그 때문에 나는 요양원에서 만나는 환자 보호자에게 얘기하듯이 초기 환자의 경우 가족의 도움이 절실하다고 말문을 텄다. 남자가 당연히 그러리라 생각한다고 상냥한 표정으로 말했다. 그래서 자넬 부른 거잖아. 나는 그제야 남자가 말한 가족이 나라는 걸 알아차렸다. 남자는 상의하기 위해서가 아니라 의탁하기 위해 나를 불렀다.

주간 보호센터 같은 곳도 있다고 말해주자 남자는 좋은 생각이라고 했다. 그런데 야간에는 어떻게 할 건가. 센터에서 돌아오면 말이야. 남자가 나를 빤히 쳐다보았다. 남자는 어떻게 할지 결정을 해둔 상태였고 나는 아니었기 때문에 남자가 유리했다. 자네 거기 월급이 얼만가. 남자가 틈을 주지 않고 물었다. 무슨 말인지 알아듣지 못했다. 다행히 연금이 있어. 남자가 다시 말했다. 내가 쳐다보자 실수했다는 표정을 지었지만 실제로는 그렇게 생각하지 않는 것 같았다. 나는 어머니와 내게 감당할 수 없는 일이 벌어졌음을 실감했다.

의도했건 아니건 연금 얘기를 꺼내고 나서 남자는 한층 여유로워진 듯했다. 내 결정에 도움을 주었다는 투로 요양원에서 간병인이나 도우며 산다면 미래가 없으리라고 일갈했다. 나는 엄청난 자기 확신에 빠진 남자를, 비꼬기를 잘하고 계산이 빠른 남자를 쳐다보았다. 남자는 어머니를 돌보면서 공무원 시험을 준비하라고 충고했다. 늙어서 가장 든든한 게 뭔 줄 아나. 대단한 위트라는 듯 웃음을 터뜨렸다. 연금이야. 가족도 다 소용없어. 자네 어머니만 봐도 그렇지. 연금이 있으니까 자식한테 당당히 의지할 수 있는 거 아닌가. 나는 남자가 하는 말 가운데 옳은 것이 하나도 없음을 알려주는 대신 이번에도 고개를 끄덕였다. 아버지로부터 배운 습관이었는데, 남자는 자신의 말에 동의해서라고 생각한 듯 말을 이었다.

인생의 성취는 보통 직업적 성취와 가정적 성취로 나뉘지. 직업적 성취는 노후에 나타나고, 가정적 성취는 자식들이 뭘 하는지, 누구랑 결혼하는지 보면 알 수 있어. 자네 어머니는 안타깝게도 가정적 성취가 영 엉망이야. 내가 늘 타일렀는데도 자네를 이렇게 무능하게 방치했잖아.

남자가 진심으로 안타깝다는 듯 혀를 찼다. 그러고는 자신의 가정적 성취에 대해서, 다시 말해 자식들의 성공담을 늘어놓았다. 사위의 안정된 직업과 사돈댁의 경제적 위상, 아들의 촉망된 장래와 그에 걸맞은 며느리에 대하여.

　목선이 정갈한 흰색 셔츠에 라운드넥 스웨터를 입은 남자는 단정하고 점잖아 보였다. 앞으로도 인지 장애는 절대 겪지 않을 듯 건강해 보였다. 남자는 상처하자마자 부하 직원이던 어머니와 지냈다. 장성한 자식들을 떠나 어머니의 동거인으로 지내면서 홀로된 육신의 보살핌을 받았다. 남자는 반듯한 가르마와 깔끔한 차림새가 어머니의 손길과 보살핌 때문이라는 걸 모르는 척했다. 어머니가 없었다면 차림이 추레하고 후줄근하며 살비듬이 끼고 찌든 냄새를 풍겼을 것이다. 자식들이 돌봐주지 않아 분노를 느끼고 속절없이 늙어간다는 허망함으로 아직 늙지 않은 모든 것을 시기하고, 증오하고, 어리석다 꾸짖었을 것이다.

　노크 소리가 들렸다. 어머니는 남자가 응답하기를 기다려 문을 열더니 차를 가지고 들어왔다. 남자 앞에 찻잔을 내려놓으려던 어머니는 컵 받침에 물이 조금 쏟아진 것에 당황해 소매로 닦으려다가 남자가 아량을 베풀듯 휴지를 건네주자 허리를 숙여 인사하며 받았다.

어머니는 남자를 동지나 친구, 반려자나 동거인이 아니라 상사나 어려운 손님으로 여기는 듯했다. 오래전부터 그랬는지, 어머니의 질환에서 비롯된 일시적 착란인지 알 수 없었다. 남자의 태도가 자연스러운 것으로 보아 원래 그러했던 것도 같았다. 어머니는 내 앞에도 찻잔을 놓았는데, 같은 실수를 반복하지 않으려고 손을 떨었다.

드디어 할 일을 마치자 남자를 향해 목례를 하고는 마치 상사의 손님을 대하듯 내게도 가볍게 고개를 숙이더니 문을 닫고 나갔다. 어머니를 붙잡고 내가 누군지 아느냐고 묻고 싶은 충동을 간신히 억눌렀다. 원하는 대답을 듣지 못한다면 나는 엉망이 될 게 분명했다.

남자가 결단을 촉구하듯 바닥에 놓여 있던 커다란 가방을 책상 위로 올렸다. 그러고는 다른 도시에 사는 아들과 자신이 통학을 돕기로 한 손자 얘기를 꺼냈다. 남자가 차를 입에 가져다 대고 마셨다. 외할아버지가 자주 인용하던 속담이 다시 떠올랐고 그러자 단숨에 외할아버지와 아버지가 내 삶에 끼어들었다. 남자는 내 두려움에 아랑곳없이 어린 손자 자랑을 늘어놓으며 사진을 보여주었다. 양육과 간병과 늙음에 대해서 전혀 모르는 아이의 표정은 해맑았다. 남자는 다시 준엄한 얼굴로 지속적인 연락에도 불구하

고 어머니를 방임해온 나를 악랄하고 배은망덕하고 가학
적이라고 나무랐다.

나는 결국 어머니를 돌보게 될 것이다. 기어이 나를 알
아보지도 못하게 될 어머니에게 애원하고 명령하고 호통
치고 밤이면 애처로움에 겨워 수면유도제에 의지해 잠들
것이다. 그러는 중에도 어머니가 해준 밥을 먹고 세탁한
옷을 입을 것이다. 어머니는 힘이 닿는 한 나를 돌보려 할
것이다.

남자가 시계를 힐끔거렸다. 저녁 기차로 자식들이 사는
도시로 이동할 예정이라고 했다. 남자는 내가 방문하는 날
을 제가 떠나는 날로 삼았다. 내가 달아나버릴까 봐, 숨어
버릴까 봐 시간을 주지 않았다. 나보다 먼저 이 집에서 떠
날 작정을 했다.

어머니는 내가 거의 아는 것이 없는 남자와 10년 가까이
함께 지내왔다. 사정이 있으리라 생각해서 나는 그간 남자
에 대한 반감을 누르고 판단을 유보해왔지만 이제는 분명
한 혐오감을 참을 이유가 없었다.

잘 지내게.

남자가 외투를 입고 말했다. 남자가 방문을 열려고 해서
나는 주먹을 뻗었다. 만약 오보에가 있었더라면 그것을 휘

둘렀을지도 몰랐다. 남자는 쉽게 피했고 응징하듯 내게 주먹을 내밀었다. 공무원 생활을 하면서 오랫동안 체력을 단련해왔는지 남자의 팔뚝은 단단한 근육질이었다. 나는 눈을 감고 남자의 주먹을 받아냈다. 비로소 오래전부터 두려워하던 일, 내가 아버지나 외할아버지가 될지도 모른다는 생각으로부터 조금 자유로워지는 기분이었다. 둘 중 한 사람이 아니라 동시에 두 사람 모두가 됨으로써 그렇게 되었다. 남자가 주먹질을 멈추고 내게 인사했다.

먼저 가보겠네.

어쩐지 잘 써지지 않아 계속 품고만 있는 소설의 제목이 몇 개 있다. 아파트먼트, 우리들의 실패, 홀리데이 홈, 노인일쾌사, 사월의 첫 입맞춤, 후궁으로부터의 유괴 같은 것들. 노래에서 가져온 것도 있고 오페라에서 얻은 것도 있다.

이 책에 "우리들의 실패"라는 제목을 붙여두었다. 우연에 미숙하고, 두려워서 모른 척하거나 오직 잃은 것을 생각하는 사람들의 이야기여서 그랬다. 하지만 아픈 사람들이 많은 소설이어서 실패라는 말을 나란히 두기 힘들었다.

앞으로 쓸 이야기들을 기다리고 있다.

무엇보다 이 책을 기다려왔다.

다섯번째 소설집이자 열번째 책이다. 처음 소설을 쓸 때만 해도 생각지 못한 차례의 책. 곁에 있는 사람들의 배려로 계속 쓸 수 있었다. 책을 내주신 문학과지성사에, 책의 모양새를 단정히 만들어준 편집부에 감사드린다. 책을 묶는 일에 시간을 끌었는데, 그러면서 단편소설 쓰는 일을 얼마나 좋아하는지, 몰랐던 것도 아닌 사실을 다시 알게 되었다.

2019년 4월
편혜영

수록 작품 발표 지면

소년이로 少年易老 『21세기문학』 2014년 여름호

우리가 나란히 『문학과사회』 2018년 봄호

(발표 시 제목 「화요일은 지나갔어」)

식물 애호 『작가세계』 2014년 봄호

원더박스 『작가세계』 2014년 겨울호

개의 밤 『문학동네』 2016년 겨울호

잔디 『Axt』 2018년 5/6월호

월요일의 한담 『현대문학』 2016년 7월호

(발표 시 제목 「월요 한담」)

다음 손님 〈문장웹진〉 2017년 1월호

(발표 시 제목 「노인 교본」)